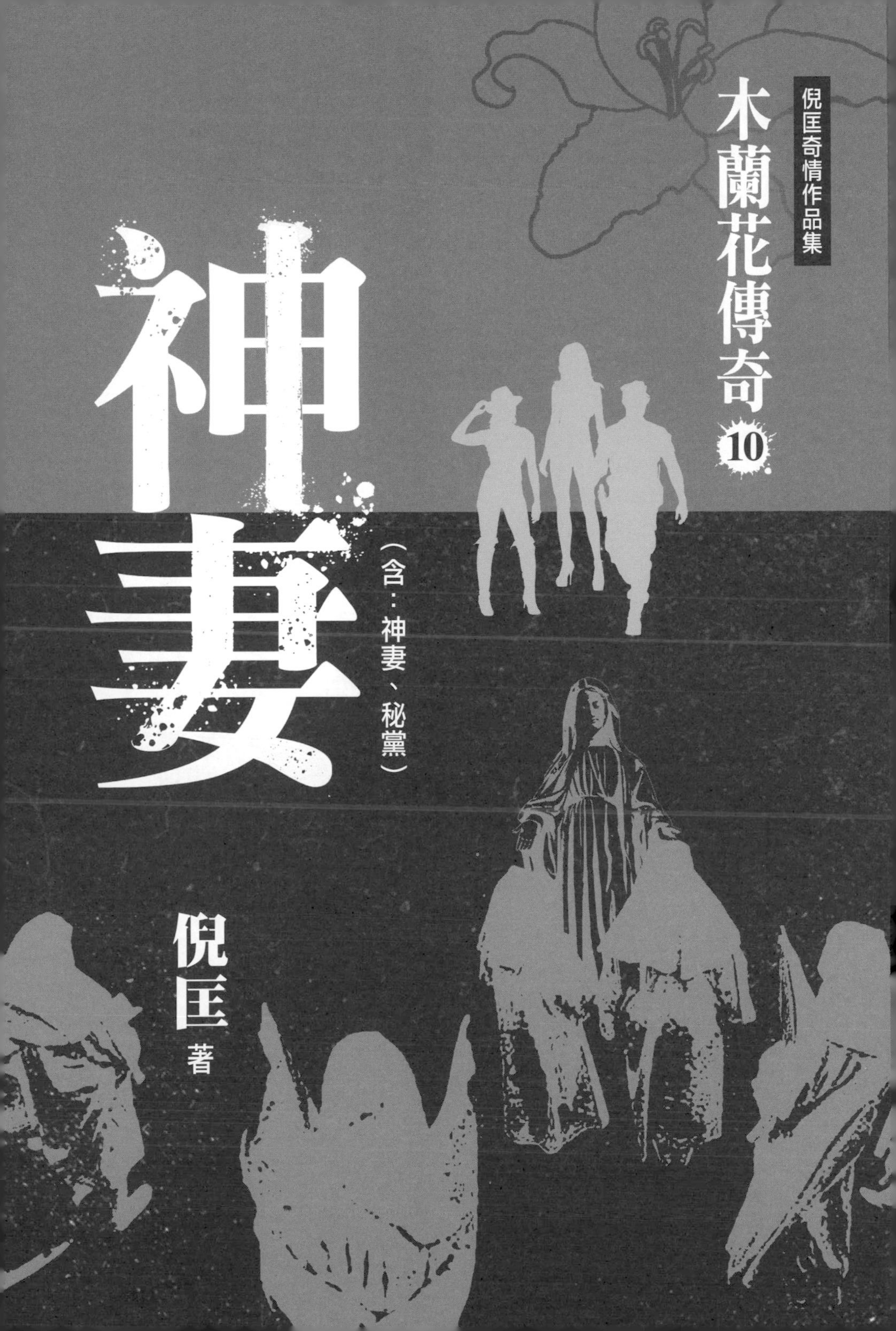

倪匡奇情作品集

木蘭花傳奇 10

神妻

（含：神妻、秘黨）

倪匡 著

目錄

神妻

【總序】木蘭花VS.衛斯理——倪匡奇幻系列的兩大巔峰 秦懷玉……4

1 恐嚇信……10

2 可疑的工程師……24

3 煙幕……41

4 犯罪總部……60

5 世界勒索會……77

6 別開生面……94

7 活性毒藥……112

8 孤克博士……128

9 女神之像……145

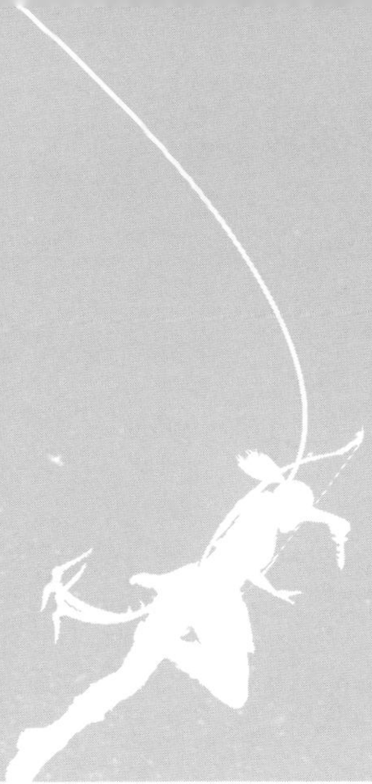

秘黨

1 秘密黨……166
2 暴亂……183
3 五湖貿易公司……199
4 失蹤……215
5 情報部長……232
6 另有乾坤……246
7 天大笑話……262
8 誘敵之計……278
9 窩裡反……294
10 自食其果……306

【總序】

木蘭花VS.衛斯理——倪匡奇幻系列的兩大巔峰

秦懷玉

對所有的倪匡小說迷來說，《衛斯理傳奇》無疑是他最成功、也最膾炙人口的作品了，然而，卻鮮有讀者知道，早在《衛斯理傳奇》之前，倪匡就已經創造了一個以女性為主角的系列奇情故事，甫出版即造成大轟動，《木蘭花傳奇》遂成為倪匡眾多著作中最具特色與最受讀者喜愛的兩大系列之一；只因衛斯理的魅力太過強大，使得《木蘭花傳奇》的光芒被掩蓋，長此以往被讀者忽視的情形下，漸漸成了遺珠。

有鑑於此，時值倪匡仙逝週年之際，本社特別重新揭刊此一系列，希望藉由新的編排與介紹，使喜愛倪匡的讀者也能好好認識她。

《木蘭花傳奇》是倪匡以筆名「魏力」所寫的動作小說系列。原載於香港新報及《武俠世界》雜誌，內容主要是以黑女俠木蘭花、堂妹穆秀珍及花花公子高翔三人所組成的「東方三俠」為主體，專門對抗惡人及神秘組織，他們先後打敗了號稱「世界上最危險的犯罪集團」的黑龍黨、超人集團、紅衫俱樂部、赤魔團、暗殺黨、黑手黨、血影掌，及暹羅鬥魚貝泰主持的犯罪組織等等，更曾和各國特務周旋、鬥法。

如果說衛斯理是世界上遇過最多奇事的人，那麼打擊犯罪集團次數最高的，即非東方三俠莫屬了。書中主角木蘭花是個兼具美貌與頭腦的現代奇女子，在柔道和空手道上有著極高的造詣，正義感十足，她的生活多采多姿，充滿了各類型的挑戰；她的最佳搭檔：堂妹穆秀珍，則是潛泳高手，亦好打抱不平，兩人一搭一唱，配合無間，一同冒險犯難；再加上英俊瀟灑，堪稱是神隊友的高翔，三人出生入死，破獲無數連各國警界都頭痛不已的大案。

若是以衛斯理打敗黑手黨及胡克黨就得到國際刑警的特殊證明文件的標準來看，木蘭花在國際刑警的地位，其實應該更高。

相較於《衛斯理傳奇》，《木蘭花傳奇》是入世的，在滾滾紅塵中演出令人目眩神搖的傳奇事蹟。衛斯理的日常儼然是跟外星人打交道，遊走於地球和外太空之間，事蹟總是跟外星人脫不了干係；木蘭花則是繞著全世界的黑幫罪犯跑，哪裡有犯罪者，哪裡就有她的身影！可說是地球上所有犯罪者的剋星！

而《木蘭花傳奇》中所啟用的各種道具，例如死光錶、隱形人等等，一如倪匡慣有的風格，皆是最先進的高科技產物，令讀者看得目不暇給，更不得不佩服倪匡驚人的想像力。

尤其，木蘭花等人的足跡遍及天下，包括南美利馬高原、喜馬拉雅山冰川、北極、海底古城、獵頭族居住的原始森林、神秘的達華拉宮及偏遠隱密的蠻荒地區等，讀者彷彿也隨著木蘭花去各處探險一般，緊張又刺激。

《衛斯理傳奇》與《木蘭花傳奇》兩系列由於歷年來深受讀者喜愛，書中主要角色逐漸由個人發展為「家族」型態，分枝關係的人物圖越顯豐富，好比《衛斯理傳奇》中的白素、溫寶裕、白老大、胡說等人，或是《木蘭花傳奇》中的「天使俠女」安妮和雲四風、雲五風等。倪匡曾經說過他塑造的十個最喜歡的小說人物，有三個在木蘭花系列中。白素和木蘭花更成為倪匡筆下最經典傳奇的兩位女主角。

在當年放眼皆是以男性為主流的奇情冒險故事中，倪匡的《木蘭花傳奇》可謂是開創了另一番令人耳目一新的寫作風貌，打破過去女性只能擔任花瓶角色的傳統窠臼，以及美女永遠是「波大無腦」的刻板印象，完美塑造了一個女版〇〇七的形象。猶如時下好萊塢電影「神力女超人」、「黑寡婦」等漫威女英雄般，女性不再是荏弱無助的男人附庸，反而更能以其細膩的觀察力及敏銳的第六感，來解決各種棘手的難題，也再一次印證了倪匡與眾不同的眼光與新潮先進的思想，實非常人所能及。

《女黑俠木蘭花傳奇》共有六十個精彩的冒險故事，也是倪匡作品中數量第二多的系列。每本內容皆是獨立的單元，但又前後互有呼應，為了讓讀者能更方便快速地欣賞，新策畫的《木蘭花傳奇》每本皆包含兩個故事，共三十本刊完。讀者必定能從書中感受到東方三俠的聰明機智與出神入化的神奇經歷，從而膾炙人口，成為讀者心目中華人世界無人能敵的女俠英雌。

神妻

1 恐嚇信

黑夜，幾乎一點亮光也沒有。

這是本市新闢的一條公路，這條公路是通向一個很大的蓄水湖的，平時根本沒有什麼人經過，晚上經過的人更少，是以也沒有裝路燈。

在這樣靜僻的一條路，對情侶來說，倒是一個談情說愛的好地方，但是那天的天氣十分惡劣，濃霧加上黑暗，車子是很容易出毛病，所以連情侶也為之裹足不前了。

但是公路上也不是完全沒有車子，一輛汽車，正以高速向前駛著，那輛汽車甚至在轉彎的時候，也沒有減慢速度，可以看出它的駕駛者經驗十分豐富，這輛車子，正是駛向蓄水湖去的，駕車的是高翔。

這條公路是在山腰中開出來的，是以十分難以駕駛，只不過在高翔超絕的駕駛技術操縱之下，車子貼地飛馳著，一點也沒有發出急轉彎時的那種怪聲來。

車子在經過一座橋樑時，高翔看了看手錶。

這時，正是凌晨二時。

本來，在這種荒郊，凌晨二時是十分寂靜的，但是車子停在橋樑上，卻可以聽到震耳欲聾的水聲，蓄水湖的水，經過一個洩洪道湧了出來，水如萬馬奔騰一樣，通過一道堤壩，向下滾滾流去，雖然是在黑暗之中，也可以看出那奔騰翻躍的水花。

那座橋樑，就是横跨洩洪道的，約莫有二十碼長，過了橋樑，便是蓄水湖管理站工作人員的宿舍，和附設的水力發電廠的員工宿舍了。

這時，這許多房屋絕大多數都在黑暗之中，只有一幢屋子，燈光通明，在霧中看來，燈光的旁邊，似乎增加了許多朦朧的圓圈，十分美麗。

但是高翔卻沒有心思去欣賞這些，他只是望著在黑暗中隱約可見的瀑布，這許多水流了下去之後，又通過無數洩水道，使得這些水成為本市居民的飲用水。

這個蓄水湖的水，供應著本市居民的用水百分之七十以上！如果這裡的水發生了問題，那實是不堪設想的。

但是，這裡的水，如今的確是發生問題了。

他就是為了這個，而在凌晨二時駕車前來的。

他在橋樑之上，並沒有停留多久，便又繼續向前駛去，不一會，他的車子便在發電站的門前經過，發電站的門口，是有警方人員在守衛的，高翔的車子一到，便有一個警官迎了上來：「高主任，你來了麼？蓄水湖的主管正在等你。」

「徐警官，」高翔打開了車門，讓那警官上來，「我們一起去，對這件事情，你究竟已知道了多少，可以先講給我聽麼？」

徐警官苦笑了一下，道：「我也只知道，主管接到了一封信，說是要在蓄水湖中下毒，除非他能夠得到一大筆金錢。」

「這簡直是笑話！」高翔立即回道：「這個蓄水湖中的儲水量達到一百億加侖，放毒的人要準備多少毒藥，才可以達到目的？」

「是啊，本來這種威脅是不會有人接受的，可是……可是……那封恐嚇信卻同時附了一小包藥末來，說那是最新研究成功的一種毒藥！」

高翔聳了聳肩，在水務局蓄水湖工程管理處的辦公室前，將車子停了下來，和徐警官一起走進去，主管丁工程師已經在門口等著他們了。

丁工程師是一個五十歲左右，已經半禿頂的中年人，他的臉色十分慌張，見到高翔就鬆了一口氣，道：「高主任，你看這事情怎麼辦？」

「是什麼事情，我還不明白呢！」高翔輕鬆地回答著。

因為他根本未曾將這件事放在心上，要在一個容量達到一百億加侖的蓄水湖中下毒，那實在是沒有可能的事，就算是最毒的毒藥，只怕也要數以噸計，才能夠使那麼多的水同時變得有毒，而實際上，毒藥的價錢絕不便宜，如果有人可以買得起一噸毒藥的話，他也不會用那樣的笨法子來威脅勒索款項。

而今晚，如果不是正好碰上是高翔值夜的話，他也根本不會前來的，這時候，他口中沒有說什麼，但心中已然在說丁工程師大驚小怪了。

丁工程師的神色仍然十分緊張，道：「那封信！那封信是擊破了我的窗口，直落到我床上，將我驚醒過來的，高主任，你來看！」

他一面說，一面將高翔引到了他的辦公室中。

在他的辦公桌上，放著一塊鵝卵石，和一張上面寫著字的紙張，還有一個小小的透明膠盒，丁工程師指著那石塊，道：「這石頭就是包信來的，它……它幾乎落在我的頭上！」

在講到「幾乎落在我的頭上」之際，他又禁不住臉上變起色來！

高翔只是笑了笑，他拿起了那張紙來，紙上的字跡相當工整，可以看得出，寫這封信的人，受過一定水準的教育。

信的內文如下：

「寄上本人新發明的毒藥G—G7，這是世界上毒性最強的毒藥，它每一萬分之一克溶解於一萬加侖水中，便可以使飲用含有這種毒藥的水的人致命，亦即本人若投下一百克G—G7於蓄水湖中，則一百億加侖飲水，皆成不能飲用之毒水，或者有人不信G—G7的功能，茲附上萬分之一克，請溶於一萬加侖水中，以試驗其毒性。

本人希望水務局方面，能以相當代價，收買本人已製造成功之一百克G—G7及其製造秘方，若水務局方面所出價錢合乎本人理想時，本人以後絕不再念及此類毒藥之製造，本人之理想收買價目，乃是美金二十萬元，請考慮後於報上登載收購G—G7之廣告，本人當再與之接洽。」

高翔耐著性子將信看完，他已忍不住罵了起來，道：「他媽的，咬文嚼字，什麼玩意兒，這就能夠嚇倒人了麼？」

他拿起了那透明膠盒來，在那透明的膠盒之中，有著一個蠶繭形的透明膠囊，高翔又取出了那膠囊來，在膠囊中，幾乎看不到什麼，要十分用心去看，才可以看到有一粒十分微小的結晶粒，照那封信上所說，他附來的「G—G7」只有萬分之一克，那數量之少，實在是可想而知的了。

那微小結晶粒，在燈光照映之下發出綠色的小光來。

高翔將膠囊在手中拋了拋，笑道：「徐警官，世界上用蓄水湖供應飲水的城市有多少？」

「這！我倒不知道，但為數一定不會少的。」

「當然不少，這倒是一條發財的捷徑哩，他要求的價格並不高，只不過二十萬美金，可是他一個一個城市去勒索，那就十分可觀了！」

高翔打開了膠囊，想用小手指將那粒發著綠光的結晶粒取出來，但是膠囊太小了，他做不到這一點。

一看到高翔要用手指去勾那綠色的結晶粒，丁工程師的面色又不由自主地發白了，他的聲音也變得異常尖銳，道：「別碰它！」

「為什麼？」高翔明知故問。

「照這封信上說，這萬分之一克的毒藥至少可毒死一萬人了，高主任，你還是不要碰它！」丁工程師一本正經地說著。

「你相信麼？你相信這麼一點東西，可以毒死一萬人？」

「這個……」丁工程師不禁猶豫了起來。

「不必這個了，我幾乎可以肯定，這些東西根本連一個人都毒不死，你不信，我將它溶在一杯水中，讓我喝下去，你看我可死得了！」

「不，不，」丁工程師雙手連搖，說：「別開玩笑！」

「當然不是開玩笑，寫這封信的人，神經一定很不正常，他竟以為警方會相信這種恐嚇，這實在是太可笑了。看我的！」

高翔自顧倒了大半杯水，將那膠囊拋下去。

可是，他才將膠囊拋進了杯中，他便呆住了！

不但是他呆住了，連徐警官也不禁發出了「啊」地一聲，丁工程師的面色也更蒼白了！

那杯水幾乎在十分之一秒鐘的時間內，便變成了極濃的綠色，而且，水質似乎也濃稠了許多，一杯白開水，突然變成了一杯濃稠的綠色漿汁！

這就不能不使人覺得吃驚了，高翔剛才還誇下海口，說是要將那毒藥一口吞下去的，可是這時候，他也不禁猶豫起來了。

高翔覺得不好意思，他呆了一呆，才道：「嘿，看不出這還有些鬼門道，我看，綠顏色的東西也不一定是有毒的。」

「高主任，你千萬不能喝！」徐警官連忙道。

「好的，我不去冒這個險，」高翔立即轉風使帆，「可是，這一杯東西，放在一萬加侖水中，如果說還能毒死人，我就不信了。」

「高主任，我們可以試一試。」丁工程師提議，「我們的濾水池，容水量是一萬加侖，將這杯水倒進一個濾水池中，不就可以知道了？」

「嗯，」望著這杯濃綠色漿汁，高翔的信心也不禁為之動搖起來，是以他點了點頭，「好，我們不妨去試一試。」

徐警官拿起那一杯東西，小心翼翼地向外走了出去，他唯恐走得快了些，濺出一兩滴來，便造成無窮的後患。

從他這種神態看來，他顯然是以為那杯東西是極毒極毒的了。但高翔的心中卻始終存著疑問，只不過他剛才險些出醜，這時也不敢說什麼了。

三個人出了辦公室大樓，走出幾十碼，便來到濾水池的旁邊。濾水池共有八十一個，是正方形的，排列在地上。

每一個濾水池的容水量是一萬加侖，水經過過濾之後，才輸送到輸水管中去供應市民需要。他們到了一個濾水池邊上，徐警官將整個杯子都拋進了池中。

杯子中的綠色液汁化了開來，不到一分鐘，便已全部溶在水中。而這個蓄水池中的水，這時除了看來稍為多一些綠色的閃光之外，看來和別的池子中的水根本沒有分別。

高翔道：「這池水便是能毒死人的麼？」

徐警官和丁工程師兩人互望了一眼，他們的心中也不十分相信，高翔來回踱了幾步，道：「徐警官，你帶一頭警犬來試試。」

「是！」徐警官連忙答應，快步跑了開去。

在徐警官離開之後，高翔好幾次想將這水池中的水喝上幾口，證明水是沒有毒的，但是他卻鼓不起這個勇氣來。

那並不是高翔膽小，而是他想到：萬一這時水真是有毒的話，那麼豈不是白白成了犧牲品？當然還是先用狗來試一試的好。

十分鐘後，徐警官牽著一條十分強壯的警犬，來到了濾水池的邊上，他喝令那頭警犬跳到水池上面，去飲池中的水。

這時，他們三人的心中都十分緊張，他們看著那警犬喝了好幾口水，像是水池中的水，味道十分好一樣，還在舔著舌頭。

徐警官又令那警犬喝更多的水，直到那警犬再也喝不下為止，估計牠喝的水，至少有一加侖左右了，那警犬才又跳了上來。

警犬跳上來之後，搖了搖尾巴，吠叫著，顯得非常活潑，高翔，徐警官和丁工程師三個人都在等著那警犬毒發身亡。

可是，那警犬卻一直沒有毒發身亡的樣子，而是在三個人的身邊跑來跑去，十分活潑，三人等了足足十分鐘，仍是沒有什麼變化。

高翔拍了拍手，道：「沒有事情了，這封信是一個狂人寫來的。徐警官，你在丁工程師身邊，加派兩個警員守衛，以防這個狂人再來向丁工程師搗亂。」

「是！」徐警官答應著。

高翔轉身向辦公室大樓走去，走到了辦公大樓的門口，他上了車，發動車子，向前駛去，徐警官和丁工程師和他揮手道別。

高翔在駕車離去的時候，心中還在想，天下本無事，庸人自擾之，那是一點也不錯的，不知道是什麼人這樣無聊，竟然累得自己半夜三更到這種地方來！

高翔的心中多少有點氣憤，他以為這件事情已經完全不再成為問題了。可是，也就在這時，他卻聽得一陣摩托車的聲音，在後面傳了過來。

一聽得那摩托車發出的聲音，高翔便可以斷定那車子是以極高的速度向前駛來的，在這條公路上做這樣的黑夜飛車，不但對這個駕車人本身來說，這樣的行動和自殺差不了多少，而且，還可以因為他的危險駕駛，而使別人受到損害。

高翔決定教訓那個飛車者一頓，他將車子在路邊停了下來，眼看著摩托車的燈光越來越近，車速依然不減，高翔正在尋思用什麼法子可以令得這輛車子停下來時，車子卻突然在高翔的車子旁停下，車上的人也連忙跳下來。

高翔定睛看去，他不禁一呆。

駛著摩托車來的，不是別人，正是徐警官！

徐警官一看到高翔，便喘著氣，道：「高主任，高主任，那條警犬死了！」

高翔突然一呆。

警犬死了，那當然是中毒死的。

這條警犬如此之強，可以毒得死牠，當然也能毒死一個人，這樣看來，那封信上所說的是實在的了，那微小的結晶粒，正是極毒的毒藥！

高翔立即將徐警官拉進車子，他在狹窄的路上，以極迅速的方法將車子掉了頭，又向蓄水湖管理處疾馳了回去。

等到高翔和徐警官又到了丁工程師的辦公室之時，只看到丁工程師在辦公桌前，手在不住地發抖，他的面色難看得無以復加。

而那條強壯肥大的警犬的確已經死了。

狗屍就在辦公室的地上，高翔一走進辦公室，也不及向丁工程師打招呼，便立即俯下身來，去察看那頭已死了的警犬。

那頭警犬的皮膚，呈現一種十分青紫的顏色，略有法醫經驗的人，一眼就可以看出，這條警犬的死因，是中了劇毒！

高翔抬起頭來，丁工程師害怕道：「這……這是真的，高主任，那麼一點點毒藥……竟使一萬加侖的水都變得有毒了！」

高翔點頭道：「是的，但是你不必驚慌。」

「我看，還是答應了那人的要求吧！」丁工程師苦笑著，「要不然，一百億加侖的飲水全都變得有毒的話，本市的市民——」

他講到這裡，又苦笑了幾下。

「你放心，警方會有辦法對付的，」高翔轉頭去，道：「徐警官，你派四名警員去看守那濾水池，不准任何人走近它，同時，替我準備一瓶有毒的水樣，我要去化驗一下，看看這究竟是什麼毒！」

當高翔在這樣講的時候，他的背脊不由自主地冒著冷汗！因為，那足以毒死一萬人的毒藥，幾乎全進了他一人的肚中！

一小時之後，高翔在他的辦公室中，得到了化驗室送來的報告。

在未曾接到報告之前，他已經發下了一個命令，是保衛蓄水湖的。

他的命令，派出三百名現役警員，和三百名後備警員，在蓄水湖的附近日夜不停地巡邏。

當然，只憑六百人的巡邏是不夠的，所以，高翔又命令警方的工程組人員。以最快的速度，在蓄水湖的四周架設鐵絲網，不給人接近。

高翔之所以採取這些措施，當然是不給那個準備前來放毒的人有機會。

雖然，二十萬美金不是一個大數目，但如果答應了那人的要求，這無疑是向邪惡屈服，這是任何一個優秀的警務人員都不願意做的事情，高翔根本未曾考慮到這一點。

高翔曾經拿起電話來，想將這件事情告訴木蘭花。

可是，當他撥了兩個號碼之後，他便將電話放了下來，一則，那時是接近凌晨三點的深夜，和人通電話，當然是十分不適宜的。二則，高翔始終認為在嚴密的防範之下，那人放毒的企圖是不會得逞的，是以他也不想去驚動木蘭花了。

等到報告書送來之後，高翔看了報告書，他的雙眉緊緊地蹙在一起，連同死犬的屍體解剖一起來看，這種毒液在進入生物的身體之後，由胃壁滲透至血管中，而它一和血液相遇，便使血液中的血小板凝聚在一起，結成極大的阻凝物，使血液不能通過微血管，而引起嚴重的血栓塞而死亡！

至於那種毒藥究竟是什麼東西，化驗室卻沒有結論，因為在高翔帶回來的那一瓶水中，化驗室的人員只找到數量極少的異樣物質，在電子顯微鏡下，呈殘缺的三角形結晶。

推測這種結晶物就是致命的毒藥，然而，這種毒藥究竟是什麼東西，化驗室的人卻是說不出所以然來，也就是說，這是一種以前從來未曾出現過的毒藥！

高翔的心中，開始感到事情不那麼簡單了。

他知道，那封信中稱這種毒藥為G—G７，並且說那是一種前所未有的毒藥，這實在不是虛言恫嚇的話，他感到十分混亂，當他抓住了一枝筆，在紙上下意識地畫著的時候，不知不覺間，他竟草擬了一則廣告！

高翔發覺這一點，苦笑了一下，將紙團揉起，準備拋去。

可是，他將紙拋掉之後，卻又將之揀起，攤開來，改動了幾個字，將一名助手召了進來，道：「去報館刊登這段廣告，明天一定要見報，並且，要刊在最顯眼的地方！」

2 可疑的工程師

第二天，仍然是個陰天。

從清早起，天色便是一片灰黑色，後來，索性淅淅瀝瀝地下起雨來，穆秀珍一面在烤麵包上搽著牛油，一面無精打采地望著外面。

「唉，這樣的天氣，只好又在家中悶一天了，」她懶洋洋地站了起來，「老天也真是，不知受了什麼委屈，三天兩頭地下雨！」

就在她對面的木蘭花笑道：「在家中也未必一定悶，一樣可以找些事情來消遣的，而且，同樣地可以得到極高的樂趣。」

穆秀珍連回嘴的精神也沒有，她只是翻了翻眼，扁了扁嘴，表示不同意木蘭花的說法。

木蘭花將她正在看的報紙遞了過來，道：「你看看這個。」

穆秀珍懶洋洋地向木蘭花指的地方看了一眼，那是一段廣告，廣告很簡單：

「願意收購G—G7，請在上午十時至六角公園噴泉旁洽。」

穆秀珍翻了翻眼睛道：「這是什麼玩意兒？」

「就是要你動動腦筋，你想，G—G7代表什麼？」木蘭花將銀匙在咖啡中慢慢地轉動著，顯然她也在思索著。

「蘭花姐，若是叫我想什麼是G—G7而來過上一天的話，那我更要悶死了！」穆秀珍仍是不感興趣。

可是，忽然之間，她的態度來了一個一百八十度的大轉變，道：「蘭花姐，我有主意了，我到六角公園的噴泉水池旁去看看？」

「看什麼？」

「什麼是G—G7啊。」

「帶著G—G7的人在額角上寫著字麼？你怎麼知道那是什麼樣的人？而你的樣子，卻是誰都一看就可以認出來的。」

「我可以化裝去的。」

「我卻寧願在家中，根據推理的原則，來思索一下這種東西是什麼，和這個廣告是什麼性質，這件事和我們無關，去插手做什麼。」

「蘭花姐！」穆秀珍拖長了聲音，「是你引起人家的好奇心的，可是你卻又不讓人家去揭開謎底，這不是故意為難麼？」

木蘭花心軟了，道：「好，可是你得記住我的話，你去只管去，然而不可以亂來，只能在一旁觀看，你最好帶一個望遠鏡去，在遠處觀察。」

「我有數了。」穆秀珍了看手錶，已是八時二十分，她連早點也不吃了，「登登登」地上了樓。二十分鐘之後，她變成了一個女學生，拿著一疊書，奔了下來。

上午的公園中出現女學生，是最普通不過的事情，當然不會使人起疑的，而穆秀珍也經過化裝，使她和原來的面目不同。

她衝過客廳，在門口向木蘭花招了招手，道：「拜拜！」接著，她就衝出了花園，奔到巴士站，去等候巴士了。

木蘭花則坐了下來，取過那張報紙，又去看那則廣告，她已經發現那廣告是臨時抽去了文字加進來的，可見一定十分緊迫，然而G—G7又是什麼呢？

如果那是兩個不法集團的聯絡方法，也不致於這樣地明目張膽，因為六角公園是人人可以去的地方，而且警方也會因為好奇而前去觀察一番的。

一想到警方，木蘭花立時笑了起來，毫無疑問，這則廣告一定是警方刊登的了，至於那是什麼事情，木蘭花卻仍然不知道。

但是，木蘭花卻也不再去傷腦筋了，因為她知道，如果這是一件重要的事，高翔一定會來告訴她的，而高翔並沒有來說什麼，可見得那不是一件大事了。

木蘭花於是放下了報紙，繼續用她的早餐。

而穆秀珍則急匆匆地，在九時五十五分趕到了六角花園。六角公園的附近有不少學校，是以公園中學生十分多。

到了公園之後，穆秀珍的腳步放慢了下來，她向噴水池走去，那個噴水池是用五色繽紛的石子砌成六角形的，一共有六股交叉的噴泉，高達十二呎。

這時，有不少人坐在池邊，穆秀珍繞著池邊走了一遍，她的注意力集中在一個戴著一頂巴拿馬草帽的中年人身上。

那中年人穿著一套筆挺的麻質白西裝，手中還拿著一根手杖，站在噴池旁，不時走動幾步，顯而易見，他是在等待著什麼。

穆秀珍在那中年人的身前來回走過了三次，她越來越覺得這個中年人十分可疑，但是，她卻未曾發現別的可疑的人。

照那則廣告看來，在這裡，應該是雙方見面的，那麼，這個中年人是代表哪一方面的呢，穆秀珍一面想，一面又慢慢地踱了開去。

時間一點一點過去，那中年人仍等在噴水池邊，而且，也沒有第二個可疑人物出現，穆秀珍實在等得有點不耐煩了。

她心一急，就什麼都忘記了，也顧不得她來的時候，木蘭花曾經告誡過她不可多管閒事的話了，她竟逼向那中年人走了過去。

那中年人顯然也在注意她了，等到她來到面前，那中年人挺了挺身子，穆秀珍低聲道：「G——G7，是不是？」

那中年人呆了一呆，像是想不到自己等待的人居然會是一個女學生，但他也立時點了點頭，道：「是的，G——G7。」

穆秀珍倒呆住了，她想不出再有什麼話來說，只得問道：「那麼，你是——」

「你不必理會我是什麼人，」那中年人立時沉聲道：「我可以全權處理一切，如今，問題是在於我們怎樣能確信你有誠意？」

穆秀珍呆了一呆，她壓根兒就不知道這是怎麼一回事，對方的話，她自然也感到難以搭腔，她只得順口道：「當然我們是有誠意的。」

「那麼，價格倒是公平的。」

「是啊，公平的！」

穆秀珍一面敷衍著，一面心中在暗罵：「見鬼，什麼公平不公平，這傢伙看來十分滑頭，要在他的口中套出話來，可不容易！」

那中年人又道：「你不是寫那封信的人？」

穆秀珍道：「什麼信？噢，我，我不是。」

中年人揚了揚眉，道：「那麼，這封信的內容，你是應該知道的了？」

穆秀珍這時倒有點後悔貿然前來了，她根本不知道什麼信的內容！她只得期期艾艾地道：「我……知道，不，我……不知道。」

她一面說，一面向後退去，心中已在想，還不如打退堂鼓的好，若是再和對方胡纏下去，只怕越來越要出洋相了！

她這裡才剛一退步，那中年人便大聲喝道：「站住！」

穆秀珍果然立即站住了。

本來，穆秀珍絕不是那樣聽話的人，人家叫她站住，她就肯站住了，可是，她在那兩個字中，卻聽出了那是高翔的聲音！

穆秀珍陡地轉過了身來，叫道：「見鬼麼，你是——」

她的話還未曾講完，那中年人也已「啊」地一聲叫了起來，道：「秀珍，原來是你，你在搞什麼鬼？這究竟是怎麼一回事？」

「哼！」穆秀珍沒好氣地回答，「你自己在裝神弄鬼，如何還來說我，報紙上的那段怪廣告可是你登的麼？是不是？」

「是啊，那麼這Ｇ—Ｇ７是你發明的？」

「什麼叫作Ｇ—Ｇ７？」穆秀珍反問。

高翔頓足道：「不是你剛才自己說的麼？」

穆秀珍攤了攤手，道：「我什麼也不知道，我是看到了報上的廣告之後，感到十分奇特，所以才來看一個究竟的，究竟是怎麼一回事？」

高翔嘆了一口氣，他翻起手腕來，看了看手錶，時間已是十一時了，那人當然沒有來，否則，不會到如今都不出現。

當然，那人也有可能是來了之後，但是被穆秀珍來一鬧，結果不再露面，便自離去的，可是高翔卻只是心中想著，不敢講出來。

因為他知道依穆秀珍的脾氣，他如果一講了出來，穆秀珍定然大表不滿，一定會和他爭辯的，而高翔此際，心中卻已感到事情絕不簡單，沒有閒心思來和她爭辯了。

高翔只是道：「那麼，蘭花在家麼？我有事要找她，我們一起去，見了蘭花，我就將事情講出來給你們聽。」

穆秀珍不高興道：「先講給我聽不行麼？」

高翔笑著，搖了搖頭。

穆秀珍賭氣道：「那你去好了，我不去。」

「秀珍，你要是不去的話，什麼是G—G7，以及一連串十分驚險的事情，你就沒有份參加了，你可不要後悔才好！」

穆秀珍狠狠地頓了頓足，道：「好，君子報仇，三年不晚，看我以後有機會不整你，高翔，你可得記住我這一句話。」

高翔只是笑著，不置可否，他當然知道，這時候穆秀珍狠霸霸地要他記得這句話，可是不消五分鐘，她自己反而會忘得一乾二淨了。

他們出了公園，登上了高翔的車子，一起向前駛去。

車子在門口停下來時，木蘭花正在花園中新建的噴水池旁，觀賞金魚，那是兩對十分名貴的金魚，一對是「丹頂紫羅袍」，另一對是「青蘭花」。

聽到了車聲，木蘭花轉過頭來，穆秀珍已高叫道：「蘭花姐，這段廣告原來是高翔登的！」

木蘭花只是微笑了一下，她在穆秀珍一出門時，便已經料到這一點了，這時她對自己的推理正確感到十分高興，她道：「高翔來了麼？」

「我來了！」高翔也出了車子。

「好，你可以說了，高翔。」穆秀珍迫不及待地催著。

高翔推開鐵門，走了進去。

木蘭花只向他望了一眼，便已在他的神情之中，看出他的心中有著為難的事了，她先向屋中走去，道：「慢慢地說，別心急！」

等到高翔將昨天晚上的經歷講完，木蘭花坐在沙發上，望著窗外，彷彿有一點心不在焉的樣子，她一點也沒有表示意見。

穆秀珍則問道：「那個人沒有來見你？」

「沒有，你也看到的了，當你出現時，我還以為你就是那人派來的，卻不料你是化了裝，來開我玩笑的。」

高翔的語氣中，顯然還有一點不滿。

但是毫無心機的穆秀珍卻並未曾明白這一點來，她只是說：「或者，那人今天湊巧未曾看到報紙，所以才沒有來？」

「這廣告出現在全市所有的報紙上，而且，在報紙登廣告的辦法又是他定的，他怎會不看報紙？這是不可能的，我看一定有另外的原因。」

「在六角花園見面的辦法，」木蘭花第一次開口，「也是那人提出的麼？」

「不是。」高翔搖頭道：「那是我隨意想出來的。」

「這人一定認為這個方法不可能，我想，他會有電話打給你的。」木蘭花頓了一頓，「你不妨打一個電話回去問問。」

高翔心中半信半疑，他拿起了電話，兩分鐘後，他放下電話，道：「蘭花，你真是料事如神，有一個神秘人打電話給我，他說每半小時打一次電話來，直到我回去為止。」

「那你就快回去等他的電話吧！」

高翔答應了一聲，站了起來，他一面向外走去，一面道：「蘭花，你對這件事情的意見怎樣，可以先給我參考一下麼？」

木蘭花搖了搖頭，道：「我暫時沒有什麼意見，你接聽了那人的電話之後，再將經過情形告訴我，或者會有一點新的發現。」

高翔答應著，匆匆地離了開去。

穆秀珍在客廳中團團亂轉，道：「蘭花姐，那人若是真在蓄水湖中放了毒藥，那麼，事情就十分麻煩了，豈不是全市人都要死光麼？」

木蘭花笑了起來，道：「當然不會造成這樣惡果的，水務工程局可以每日化驗水質，如果水有毒，便可以不再供應的。」

「沒有水用怎麼辦？」

「當然，那要造成很大的損失，這個人的確是有向市政府勒索的條件的，可是有一件事，我卻不明白——」木蘭花講到這裡，停了一停。

「什麼事情？」

「為什麼他勒索的數字如此之少？」

「二十萬美金，還算少麼？」

「當然，這並不是一個小數目，但是你想想，一百億加侖的水，照現在水費的標準來說，該值多少錢？事實上，這個蓄水湖中的水如果完全沒有用了，那麼，帶給本市的損失，是難以估計的，這是一個可以大大勒索的好機會，他為什麼開價如此之低呢？」

穆秀珍翻著眼睛，她當然想不出道理來。

「而且，」木蘭花繼續說道：「能夠製造出這種毒藥來的人，他必然要有一個龐大的實驗室，要維持這樣的一個實驗室，只怕這筆錢，他連『本錢』也不夠！」

穆秀珍的拇指和中指一扣，發出「得」地一聲，道：「我想到了，他要的錢少，那麼，政府方面便容易起息事寧人之想，而他可以每一個城市去敲詐，全世界有那麼多要依賴蓄水湖供水的城市，他環遊世界一周，就可以大有收穫了。」

木蘭花笑道：「這或者是理由，但是為什麼寄給丁工程師的那封信，不是由郵政寄遞，而是由石頭包著，從窗口中拋進去的呢？」

「這有何奇怪？這不是歹徒慣用的辦法麼？」

「當然是，但這種辦法，一般來說，採用的全是些鼠偷狗竊，而不是一個有著如此抱負，有這樣學問的科學犯罪者！」

穆秀珍聽得大感興趣，道：「那麼，你的意思是——」

「我認為這個丁工程師十分可疑。」

「可是，高翔說他膽子十分小，面色發白！」

「是的，但這種情形是可以假裝的，我絕無法相信，一個有能力發明震驚世界的毒藥的人，卻會用投石頭的方法拋出他的恐嚇信！」

穆秀珍連忙壓低了聲音，道：「蘭花姐，那麼，我們去找找這個丁工程師，看看他有什麼古怪，不是可以知道真相了麼？」

木蘭花站起身子來，回來踱了兩步，道：「我去，你在家裡！」

「蘭花姐！」穆秀珍叫起來：「怎麼每逢有什麼事情發生，你講的總是那兩句話『我去，你在家裡』，你就沒有別的話可講了麼？」

「秀珍，這次你可弄錯了。你忘了高翔到警局後，將會接到那人的電話？高翔接到電話後，一定會轉告我們的，你就可以得到新的線索了！」

「是啊！是啊！」穆秀珍高興了起來。

「可是，你若是要有所行動的話，卻必須等我回來！」木蘭花嚴肅地吩咐著，她的話猶如一桶冷水潑向穆秀珍一樣。

穆秀珍的興趣減了一大半，坐了下來，道：「也好！」

木蘭花轉身上樓，帶了一些必要的工具，駕著車，便向那個蓄水湖駛去。

等到她來到那條靜僻的公路上的時候，有好幾輛警車停著，木蘭花的車子一到，便被兩個警員攔住，一個道：「小姐，這條路因為特殊的理由封鎖了，請你回去。」

木蘭花微笑，道：「請你們的主管來，我要見見他。」

那警員猶豫地向木蘭花望了一眼，但終於走了開去。不一會，兩個警員走了過來，木蘭花從車中探出頭來，道：「兩位好，是我！」

那兩名高級警官一看到是木蘭花，立時向她行了一個禮。

木蘭花雖然不是警方的工作人員，但是，她英勇的行動，卻使得警方上下對她十分佩服，那兩個高級警官一見到她，便向她行禮，純粹是自然而然地對她表示尊敬的行動。

木蘭花忙笑道：「不必客氣，高主任已向我說起這裡的事情了，我想到前面去看看，可以發給我一張通行證麼？我實在不想再驚動別的人。」

「可以，可以！」那兩個警官連忙答應。

不一會，就有一張特別通行證貼在木蘭花車前的玻璃上。木蘭花向那個警官道了謝，又驅車向前，疾駛了出去。

由於她車前貼上了那張特別通行證，是以她並沒有再受什麼阻攔。

木蘭花並不是驅車直到辦公大樓的門口，而是在還有相當距離時便停了下來。她將車子停在路邊，慢慢地向前走去，她也不是到辦公大樓去，而是向職工宿舍走了過去。

這時，正是上班時間，宿舍中很靜，木蘭花在兩個女工那裡，輕而易舉地問到了丁工程師的住所，丁工程師是單身漢，但由於是主管，所以他一個人佔據了一個居住單位。

他住的是三樓，木蘭花踱到了樓下，抬頭看去，果然，那居住單位有一扇窗的玻璃，是打破了的。

但是木蘭花也發現，要站在地下，拋出一塊石頭去打碎玻璃，而跌入室中，雖然不是不可能的事，但如果這個人沒有極強的臂力，也是絕做不到的。

木蘭花四面一看，看到並沒有人注意，便沿著水管迅速地爬了上去。爬到了那個窗口，她把手從破洞中伸了進去，將窗子打開，接著，她的身子一翻，已翻進了屋內。

當她一進入那間房間的時候，她更肯定了工程師的話是大有問題的了，因為丁工程師曾告訴高翔，說那塊石頭是從窗中拋進來，差點砸在他的頭上，將他驚醒了過來的，據高翔說，當丁工程師講到這一點的時候，還十分害怕。

但木蘭花一進了這間臥室，便斷定那是謊言！

因為，被擊破的窗子是最下的一格，而床離窗口足有八呎，除非石子飛進了窗口之後，又會自動升高，向前飛去，否則，是沒有可能落在他床上的！

木蘭花站直了身子，先在臥室中以快速的手法搜索了一下。

她的行動快捷而小心。她不能不如此，因為她沒有搜索令，這種行動實際上是犯法的。

她並沒有發現什麼，她打開了房門向外走去。

外面是一間客廳，還有兩間房間，一間空著，一間是書房，木蘭花找了一找，也沒有發現什麼，她從大門中走了出去。

出了宿舍之後，她走到辦公大樓去，由守衛在門口的警官，陪著她去見丁工程師，確如高翔所言，丁工程師十分不安。

木蘭花和丁工程師握過了手之後，立即低聲道：「丁先生，我有一個問題想問你，這個問題，給別人聽到是不利於你的，所以我想——」

丁工程師才聽到這裡，手便發起抖來，他用發抖的手，將他辦公室中別的人全支了開去，然後才道：「什……什……麼……事？」

木蘭花走近了一步，道：「很簡單，你為什麼要撒謊？」

丁工程師的面色本來已經夠難看的了，加上一聽得木蘭花這樣指責他，他的臉色在剎那之間，變得和死人一無分別！

「……沒有撒謊！」他分辯著。

「不必抵賴了，丁先生。」

「我……」

「你為什麼要撒謊！」木蘭花加重了語氣。

「蘭花小姐，我——」丁工程師的聲音抖得更厲害，可是當他講出這五個字來的時候，木蘭花立即知道，他是願意向自己講出事情的經過來了。

所以，木蘭花也將身子俯前了一些，準備仔細傾聽。

可是也就在這時候，出乎木蘭花意料之外的事情發生了，一聲巨響，就在丁工程師的身邊發生了爆炸。那爆炸的發生，可以說突兀之極！

剎那之間，木蘭花根本不知道爆炸是從何而來的，她只是覺得，前半秒鐘，一切還是正常的，但是後半秒鐘卻完全變了。

隨著那一聲巨響，一大團熱呼呼的東西向她直飛了過來，濺得她滿頭滿臉，木蘭花應變何等之快，她的身子猛地向後翻了出去。

可是，爆炸的氣浪卻令得她重重地跌倒在地，木蘭花用力在地上一按，身子又就勢滾出了幾呎，這時候，辦公室的門也被人撞開了。

兩個警官疾衝了進來！

3 煙幕

這兩個警官才一衝了進來，便呆住了！

眼前的情形，實在太可怕了！

這兩個警官是在三分鐘之前，從這間辦公室中出去的，當時，只怕他們的想像力再豐富，也無法設想三分鐘之後，會有那樣事情發生的！

這時，他們一衝進門來，首先，看到了一身是血的木蘭花。

木蘭花滾出了幾呎，還倒在地上，由於她不知道那一剎間究竟發生了什麼事，是以連她自己也在發呆。

說木蘭花滿身是血，其實是不對的，她的頭臉之上不但全是血，而且還有很多肉塊，甚至有的血肉還像是人的內臟。

這種情形，實是叫人忍不住噁心。

可是，比起丁工程師來，木蘭花還算是好的了。

因為不論怎樣，木蘭花總還是個人，但是丁工程師，卻已經完全不是人了，他的左邊身子已經完全不見，他的頭則倒向右邊，而左邊的臉頰也已削去了一半，露出白森森的骨頭來，這種情景，實是任何人看到了都難免要大吃一驚的！

那兩個警官呆呆地站在門口，不知怎樣才好，直到木蘭花跳了起來，他們才一起失聲道：「蘭花小姐，你沒事麼？」

木蘭花也沒有回答他們，只是向前望著。

剛才還在和她講話的丁工程師，這時竟成了這個樣子，固然木蘭花在一生之中，經過了不少大風大浪，但心中也不禁駭然之極！

她踏前了一步，但又退了回來。

實在沒有再接近丁工程師的必要了，毫無疑問，丁工程師已經死了，木蘭花也肯定，那爆炸是在丁工程師的身上發生的。

也就是說，超小型的炸彈是藏在丁工程師的上衣口袋之中，所以當炸彈爆炸之後，丁工程師的半邊身子才被完全炸去！

木蘭花在那一剎間，更想到了這枚放在丁工程師衣服中的超小型炸彈，可能是丁工程師自己也不知道的，炸彈的爆炸，當然是無線電遙控的結果。由此推斷，可知丁工程師的身上不但被人放下了超小型無線電遙控的炸彈，而且，還被人放上了偷聽器！

要不然，炸彈不會那麼巧，恰好在丁工程師快要講出事實真相的時候，便爆炸了起來，丁工程師是自始至終被人利用的！

本來，在丁工程師的身上，是很可以查得出整個事件的線索來，但是現在，丁工程師死了，線索也就中斷了！

木蘭花怔怔地站著，大約過了三分鐘之久，才轉過身來。她剛一轉過身來，那兩個站在門口的警官又嚇了一大跳！

因為木蘭花還是一個血人！

木蘭花也覺察到了這一點，她吩咐道：「快電話找高主任，我要去沖洗一下身上的血污，這裡的一切，在我和高主任未來之前，不能擅動。」

「是！」那兩個警官連忙答應著。

木蘭花進了浴室，接上水管，扭開水掣，讓自來水在她的身上嘩嘩地沖著，一面沖，一面她也按捺不住要嘔吐的感覺。

她足足沖了二十分鐘之久，才略絞了絞頭髮，濕漉漉地走出來，等她回到了丁工程師辦公室的時候，高翔還沒有來。

木蘭花小心地檢查爆炸之後丁工程師殘骸不全的屍體，在屍體的血泊中，有許多細小的金屬彈片，這證明炸彈是在他身上爆炸的推斷是正確的。

又過了十分鐘，高翔趕到了。

高翔看到了眼前的情形，也不禁一呆，他雖然已在電話中知道了一切，但是卻也想不到現場的情形，竟會這樣慘不忍睹。

他在門口叫道：「蘭花！」

「什麼線索也沒有留下，」木蘭花抬起頭來，「你快檢查丁工程師的一切文件，他是受人利用的，看看可有什麼線索，我要先回家去。」

高翔忙道：「蘭花，我接到了那人的電話。」

木蘭花在門口站定，道：「他怎麼說？」

高翔道：「他給了我一個地址，要我一個人前去。」

「你準備怎樣？」

「照現在這樣的情形來看，我想……我不應該一個人去了。」高翔想了一下，「因為，丁工程師死了，事情更複雜了。」

「你還是去，但不是一個人，是我和你一起去，你在這裡完事之後，到南海咖啡室來，先到先等，我們一起前去。」

「好的。」高翔點頭答應。

一小時後，木蘭花和高翔兩人，一起在一幢十分新穎的花園洋房之前停了下來，那幢洋房是半圓形的，向南的一面，全是玻璃。

高翔和木蘭花下了車，按了按在鐵門旁的門鈴，一個花匠模樣的人來到門邊，向他們打量了一下，高翔道：「我是警方派來的。」

那人沉聲道：「一個人，只是一個人。」

木蘭花笑了笑，道：「多一個人有什麼關係，你開門就是了，我們有要緊的事情前來，若是你耽擱了，你負得起責任麼？」

可是，木蘭花的恫嚇並不發生作用。

那花匠仍然搖了搖頭，道：「一個人！」

木蘭花和高翔互望了一眼，木蘭花向車子走去，道：「好，就一個人吧！高翔，你進去，我在外面等你！」

高翔也點了點頭，那花匠將鐵門打了開來。

他才一將鐵門打開，高翔一步踏了進去，手掌倏地揚起，對著那花匠的後頸一掌劈了下去。

這一掌，又快又狠，劈得那花匠一個踉蹌，跌在地上。

「高翔！」木蘭花也料不到高翔會有此一著，叫了一聲。

可是高翔卻已然道：「快，快進來！」

木蘭花不再多猶豫，和高翔一起奔進了那幢洋房，他們在樓下迅速地轉了轉，又奔上了二樓，可是他們立即發現，整幢房子全是空的，一個人也沒有！

木蘭花連忙從二樓的窗口望出去。

正和她心中已然想到的一樣，那個花匠已經不在了。

木蘭花道：「我來找一找，看這房子可有什麼暗道，你用電話去查明屋主是誰。」

木蘭花開始小心地在屋子中搜尋著，她從樓上找到樓下，終於，在樓梯下的一個小儲藏室中，發現了一個四肢被綁的人！

那人是一個五十歲以上的老者，當木蘭花將他的手足鬆開之後，他叫了起來道：「有強盜！有強盜啊，快去報警，快去！」

木蘭花道：「你放心，強盜已經走了，他們是什麼樣子，你可記得麼？」

「兩個人，一個和我差不多，還有一個——」老者講到這裡，露出了十分害怕的神色來，「他！頸中生著一個大瘤，像科學怪人！」

木蘭花知道，那老者口中那個「像我一樣的人」，一定就是剛才開門的那個花匠，而另一個人頸上生了一個瘤，當然那是化裝加上去的。

這個人就是主角，可是他已經溜走了。

木蘭花苦笑了一下，高翔也走了過來，他已查明，這幢屋子是屬於本市一個著名建築師所有，建築師一家人全都去法國度假了。

木蘭花在問了幾句話之後，也知道那老者正是花匠，他是在花園工作的時候，突然被人拖進屋子，綁了起來的。

他們兩人可以說是一無所得！

他們懊喪地回到了車子旁邊，他們看到車子的雨刷上，夾著一張紙，那是一個二十支裝的軟盒香煙拆開來的，上面草草寫著：

「你們不守諾言，我將採取行動，但不妨給你們最後一個機會，你們之中的一個人，到下列地址，來進行談判。」

在這幾句話後，便是一個地址。

高翔抬起頭來，道：「蘭花，這個人實在十分笨，我的身上只要有一具跟蹤信號儀，我到哪裡，便人人可知，何必他一定只限和一人會談？」

木蘭花手放在車子上，沉默了片刻才道：「高翔，我感到這件事從發生起到現在為止，似乎都是煙幕！」

「一個煙幕，那是什麼意思？」

「一切的事情都不合情理，對方為什麼不直接提出要你將錢放在什麼地方，而一定要你去和他見面呢，他的條件，不是第一次就提出來了麼？」

高翔點頭道：「是，這很可疑。」

「還有，」木蘭花繼續道：「他不斷地給你地址，要你一個人前去，看來似乎是為了小心不被警方包圍，但正如你剛才所說，這是沒有用的，我不信一個有膽做這種事的人，會連這點都想不到，你說，這是不是一個煙幕呢？」

高翔呆了半晌，道：「想起來，倒有點像，但是對方放出了這樣的煙幕，目的又是為了什麼呢？是為了要害我麼？」

「不可能，因為對方在事前，是不能確定這件事一定是由你主管的，而且，在丁工程師的死亡事情中，我更看出，在一連串的煙幕之後，一定有著一個重大的陰謀，極大的陰謀！」木蘭花鄭重其事地說著。

「是什麼陰謀呢？」

「當然，我無法在現時得出結論，如今，我們只能走一步看一步，這個地址，你還是要去，我也要去，你明去，我暗去！」

高翔點頭道：「好！」

那煙盒上的地址，是在本市的北郊，車子行駛了一小時左右才到達。在未到目的地前五分鐘，木蘭花先下了車，而高翔則駕車前往。

木蘭花等高翔走了以後，才步行前往，不多久，她便看到那幢房子了，這是這條公路旁很普通的一種別墅房子。

木蘭花心中早已料定，可能那人也知道這房子是空的，所以才暫時借用一下而已。她盡量不露行跡，來到了圍牆腳下。

然後。她翻過了圍牆，落在院子中。

木蘭花一踏到了地面，只聽得一陣狼犬狂吠聲，有三條極大的狼犬向她直撲了過來！

那三條狼狗的來勢，堪稱凶猛之極！而且，那三條狼狗才一衝上來，便是向木蘭花頸部咬來的，一看便知那是受過嚴格訓練的狼犬！

木蘭花的身子立時一矮，「呼」地一聲，兩條狼狗已在她的頭頂穿了過去。但是其中有一條卻十分狡猾，木蘭花的身形一矮，牠的身子也突然一沉。

木蘭花的身子在下沉之際，早已有了準備，她右手疾揚而起，一掌向就在身前的那條狼犬的鼻子處疾劈了下去。

鼻子乃是狗的弱點，而且木蘭花對空手道的造詣極高，這一掌劈下去，是可以將整叢瓦片都劈碎的，力道極大！電光石火之間，只聽得「叭」地一聲響，和那狼狗發出的一下重哼聲，那頭狼犬「砰」地跌倒在地上，四腿不住地抽搐。

木蘭花也沒有時間再去考慮那條狼犬是不是已經死了，她的身後，那兩條狼犬已然發出了可怕的吠叫聲來，木蘭花身形一閃，猛地向前躍了開去。

她身子還在半空之際，便突然轉過身來，因為若是背對著那樣兩條大狼犬，那是極之危險的事情，她才一轉過身，有一條狼犬便已經撲到了她的面前！

木蘭花也在這時，落下地來。

她雙足才一站穩，便伸手取下了頭上的頭箍按了按鈕，「颼颼」兩聲，兩枚毒針疾射而出，射進了那狼犬的頭部。

那狼犬中了毒針，牠的身子突然蜷曲起來，向後倒退了開去，撞在後面竄過來的那一條狼犬之上，使得後面的狼犬在地上打了一個滾。

木蘭花連忙踏前一步，再度射出了兩枚毒針！

她才一進圍牆，便遇上那樣的危險，耽擱了她近五分鐘的時間，她射出最後兩枚毒針之後，立時轉過身來，背靠著圍牆而立，她這樣做的原因，是為了如果有敵人突然出現的話，那麼她至少可以不必腹背受敵，可是，當她轉過身來之際，眼前卻一個人也沒有！

地上躺著三條狼犬，都已死了。

當她殺死那三條狼犬的時候，曾發出一連串驚心動魄的聲音，雖然時間短，但是卻定然會驚動屋子中的人的，何以竟會沒有人出來？

木蘭花一看到眼前沒有人，心中的疑惑實在是難以形容！她本來就覺得這件事十分詭異，如今，這種感覺更甚了！

她將頭箍仍戴在頭上，取出了手槍。

不到十分鐘之前，她是親眼看到高翔走進這裡來的，她先要知道高翔究竟怎樣了。她揚聲叫道：「高翔！高翔！你在哪裡？」

可是她的叫聲，卻沒有引起回答！

木蘭花陡地感到這裡根本沒有人，這幢屋子，可能是一幢空屋！

她心中感到了一股寒意，她以最快的動作，衝進了那幢洋房的大門！

一進門，她便聞到了一股十分異樣的氣味，木蘭花嗅了一下，便斷定那不是麻醉劑，這種有著濃烈怪味的藥物，通常是被夜盜用來防止警犬的追蹤之用的，因為即使是一頭受過嚴格訓練的警犬，在聞到了這種氣味之後，也會感到迷惑，而無法再跟蹤下去的。這種特殊的氣味，乃是狗的靈敏嗅覺的弱點。

木蘭花才一聞到這種氣味，她已經明白了，約高翔來這裡的人，又是「借用」這幢房子的，他們現在已經離去了！

木蘭花一想到這裡，心中的寒意不禁更甚！

他們已經離去了，那麼高翔呢？

高翔進來之後，一點聲息也沒有，莫非已然遇害了？

木蘭花連忙打量大廳，大廳的裝飾十分豪華，但是所有的傢俱上都罩著白布，顯見這幢房子的主人現在並不住在屋中。

木蘭花以極快的步法，在大廳中轉了一轉，她沒有發現什麼人，但是卻發現在積有灰塵的地板上，有著許多雜亂的腳印。

本來，在那麼雜亂的腳印之中，要分辨出高翔是不是也到過這裡，是相當困難的，但是木蘭花卻輕而易舉地做到了這一點。

她肯定，高翔曾到過這個大廳。

那並不是她有著什麼過人之能，講穿了是一點也不稀奇的，因為她知道，高翔所穿的鞋子全是訂製的，他的鞋中，往往有著許多小機關，鞋底當然也是特製的，有著許多「K」字的小花紋，那鞋底的花紋，可以說是獨一無二。

木蘭花這時，就在一堆雜亂的腳印之中，看到了幾個這樣的腳印，是以她可以肯定，高翔來過這裡，高翔是進入過這個大廳的。

木蘭花低頭仔細地尋找著高翔那幾個腳印的去向，她很快地就發現，腳印通向樓梯，在樓梯處，腳印不復可見了。

因為樓梯上鋪著地氈，而地氈上又覆著布，當然在布上是不會留下腳印來的，但是，卻已被弄得十分皺，可以推斷，一定有不少人曾上了樓。

木蘭花連忙也奔向樓上，她上了樓，又靠牆站著，然而只不過幾秒鐘，她便可以肯定，樓上也一樣地沒有人在了。

樓上有一條走廊，走廊的兩旁，各有四間房間，房門都緊緊地關著，木蘭花以最快的身法，將那八扇門一起打了開來！

她旋風也似地衝了過去，將八扇門一起打開，然後她才轉回身來，吸了一口氣，開始再去檢查那八間房間中是不是有人。

她一間一間房間看過去，房間中所有的傢俱全覆著布，而地上的積塵也很厚，在八間房間中，只有一間是有腳印的。

木蘭花走進了那間房間，她才踏進去，就呆住了！

在那間房間的角落上，放著一張安樂椅，她一看便看到，有一隻手搭在安樂椅的椅背上，那人則在安樂椅的背後！

木蘭花陡地一呆，失聲道：「高翔！」

她一個箭步向前竄了出去，到了安樂椅之旁。

她甚至急得不待再踏前一步去看看椅後究竟是什麼人，一手推開了安樂椅！

那人的身子本來是靠在椅背上的，木蘭花一推開椅子，那人便倒了下來，仰天躺在地上，木蘭花連忙定睛看去。

她看了一眼，首先鬆了一口氣。

那人不是高翔，是一個五十來歲的中年人，穿得十分隨便，一件襯衫已是十分殘舊了，這個人看來也不像是歹徒。

木蘭花俯下身去，她本來是想察看這個人究竟已死了多久的，可是當她一俯下身去之後，她卻發覺那人並沒有死！

在那人的臉部，有著強烈的「哥羅方」氣味，他只不過是昏了過去而已。

木蘭花十分高興，因為整件事情到如今為止，都是撲朔迷離，不可捉摸的，而如今，她或者可以在這個人的身上得到一點線索。

她拖著那人來到浴室中，用冷水沖著那人。

三分鐘後，在冷水的刺激下，那人的身子開始扭動，木蘭花停止了在他的頭部淋水，她又等了兩分鐘，那人才睜開眼來。

木蘭花沉聲道：「你躺在浴缸中別動！」

那人一片茫然之色，道：「你……又是什麼人？你們……這樣無法無天，究竟想要怎樣？你們難道就不怕王法麼？」

他一面說，一面掙扎著坐了起來。

木蘭花聽得那人這樣說法，不禁心中一涼。她知道，她剛才是白高興了。這個人一定是看守這間屋子的人，那批人一進屋子時，便已經將之弄昏了過去，他一定什麼也不知道，不能提供自己線索的。

木蘭花雖然知道沒有法子在對方的身上獲得什麼線索了，但是她卻仍是不能不問一問的，她笑了一下，道：

「你放心，你一定昏過去很久，我和他們不是同路的，我問你，他們是一些什麼樣的人，是什麼時候來的，他們可有講些什麼？」

那人使勁地搖了搖頭，神色茫然，道：「我不知道。」

「他們是什麼樣子，你總見過？」木蘭花再問，「你不必害怕，我是警方人員，你可以對我講述一切。」

木蘭花並不是警方人員，但是她看出那中年人是一個沒有什麼知識的人，與其多費唇舌和他去解釋自己的身分，不如乾脆說自己是警方人員算了。

果然，木蘭花這樣說，使得那人的精神陡地一振，他掙扎著從浴缸中走了出來，話也多了起來，道：「原來你是女警？唉，這批人，一共有四個，全都穿著黑西裝，奇怪的是，我養的三頭狼犬見了他們，像是很害怕，連叫都不叫！」

「他們什麼模樣？」

「我……無法知道，因為他們都戴著黑眼鏡，而且蒙了臉……」那人的臉上現出了恐怖的神色來。

「他們……究竟是什麼人？他們進來了之後又怎樣？」

「他們是翻牆進來的，我一去喝問他們，就被他們湧上來將我擒住，接著，便昏了過去，直到我醒過來，其間發生了什麼事，我一點也不知道。」

木蘭花呆了片刻，才道：「你的主人是誰？」

「我的主人？他是大名鼎鼎的波南大律師！」

木蘭花點了點頭，波南大律師到外地去旅行了，他的住宅自然空著，和上一次一樣，歹徒是利用來和警方接頭的。

但是，和上次不同的是，這一次高翔失蹤了！

四個歹徒要對付高翔，高翔是極可能寡不敵眾的，高翔是被歹徒架走了麼？

木蘭花感到自己不再應該在這裡耽擱下去，她退出了浴室，下了樓，來到花園中，接著，又退出了花園，來到圍牆之外，她想在圍牆外找尋高翔的去向！

她繞著圍牆走了一遭，發現在屋後，圍牆之外，草地上有著新的汽車輪輾過的痕跡，那當然是歹徒停車的地方了！

木蘭花在那地方略停了一停，她立即又發現了一顆銀光閃閃的袖扣鈕，木蘭花俯身拾了起來，鈕扣上，有一個「K」字。

那是高翔的東西！

木蘭花略看了一看，便伸指在袖扣鈕的後面，按了一按，「啪」地一聲，那有「K」字的一面，便彈了開來，裡面乃是一層極薄的薄膜。

一看這種薄膜，便可知道那是通訊器中的震盪膜，也就是說，正如木蘭花所料，這一顆袖扣鈕是一具無線電通訊儀。

木蘭花旋動了上面的幾個小鈕掣，一面不斷地低聲叫道：「高翔，高翔！」

她知道高翔並不是粗心大意的人，這枚袖扣鈕一定是高翔故意留下來的，所以她希望高翔能夠聽到她的聲音，和她聯絡，可以使她知道高翔如今的處境！

她呼叫了幾次，突然聽得傳音器中發出了「的」地一聲響，木蘭花連忙將袖扣鈕放在耳邊，她聽到了三下咳嗽聲。

那三下咳嗽聲十分輕，但是也十分清晰。

它清晰的程度是，木蘭花一聽，便聽出那是高翔的聲音，她並沒有叫喚高翔，而是更聚精會神地去傾聽，並且取出了一本小記事簿來。

在旁人聽來，高翔只不過是發出了三下咳嗽聲，是說明不了什麼事情的，但是在木蘭花聽來，那三下咳嗽聲，卻代表了許多事。

第一，它代表高翔這時的環境身不由主，不能和木蘭花暢快地講話。但是，他卻並不是不準備和木蘭花進行聯絡。

這三下咳嗽，同時也是一種暗號，它表示以後，高翔所講的話中，每隔三個字之後的一個字，才是他真正要告訴木蘭花的字。

所以，木蘭花必須將這些字一個一個記下來，以獲知高翔告訴她的話。

木蘭花同時又聽得汽車行駛的聲音，她知道高翔正在一輛車中。

她等了約有一分鐘之久，才又聽到高翔的聲音，道：「你們這車子的方向盤，像高山，可以平駛麼？送我去何處？」

高翔的話，聽來是語無倫次的。

是以，木蘭花立時聽得另一個人道：「你說什麼？」

但是高翔卻沒有回答。

高翔這時是不能胡亂開口的，他一開口，每隔三個字後的一個字，就會被木蘭花視作他正在向她通信聯絡的話了！

而在剛才那兩句別人聽來莫名其妙的話中，木蘭花卻寫出了五個字來，那五個字是：「車向山駛去」。

木蘭花苦笑了一下，這太籠統了，車向山駛去，車子究竟向什麼山駛去呢？本中的山很多，哪一座山，才是高翔所在之處呢？

木蘭花更用心地傾聽著，好一會，她又聽得高翔道：「你們打橫駛，小心頭撞到了山上去！」

在木蘭花的記事本上，又多了三個字：「橫頭山！」

4 犯罪總部

木蘭花直跳了起來，高翔已然說明了他是在向哪一座山駛去的了。他在向橫頭山駛去，而橫頭山的名字，不但對木蘭花來說絕不陌生，而且對本市每一個居民來說，也是不陌生的，橫頭山，就是龐大的蓄水湖工程所在之處。

木蘭花奔進了車子前，她繼續將袖扣鈕放在耳邊，一隻手駕著車，向橫頭山駛去。在她發動了車子之後的二十分鐘之後，她又聽到了高翔的聲音。

高翔在道：「我們算到達了麼？紅色的破磚，這樣的屋子，站在前面——」

高翔講到這裡，便陡地停了下來，他的話顯然是未曾講完，便突然被暴力截停的，接著，便聽得一下獰笑，道：「高先生，你一路上說話太多了！」

另一個聲音暴喝道：「你這些話，有什麼意思？」

再有一個人道：「可能他是在和人通消息。」

最先的那個聲音道：「不可能的——」

在那人「不可能的」四個字出口之後，木蘭花突然聽到了「撲」地一聲響，像是什麼硬物敲中了一樣東西，接著，便什麼也沒有了！

木蘭花的心中凜了一凜，那「撲」地一聲響，分明是表示高翔已然遭到了狙擊，他什麼時候才能再和自己聯絡呢？

但木蘭花心中卻並不是太著急，因為她至少得到了高翔的指示，高翔最後那句話，每隔三個字抽出一個字來，乃是「到紅磚屋前——」這五字，木蘭花既然知道高翔去的地方是「橫頭山」，又知道是在一間紅磚屋之前，範圍實在是十分小的了。

只要歹徒不是立即將高翔殺死的話，她自信是可以將高翔救出來的。是以，她心中略吃了一驚，立時鎮定地繼續向前駛去。

十分鐘之後，車子轉上了山路，那條路，已經是通向橫頭山的了。在車子經過一個電話亭的時候，木蘭花想停下車來，和穆秀珍通一個電話。

但是，她卻只是這樣想了一想，並沒有停車。

因為她必須把握時間，每一分鐘都是寶貴的，在如今這樣緊急的情形之下，一分鐘或是半分鐘的時間，都可能關係著整個大局！

橫頭山本不是住宅區，十分荒涼，可以說沿途絕看不到什麼房子，有的，也只是一些十分簡陋的茅屋，和破敗不堪的泥屋而已。

車子繼續向前駛去，蓄水湖工程處的房子已經可以看到了，那些房子全是洋房，是灰色和白色的，並未看到有一間紅色的磚屋。

木蘭花的心中十分疑惑，照車行的時間算起來，是應該到那個紅磚屋了，但是，再向前去，便是蓄水湖管理處的辦公大樓了。

歹徒挾走了高翔，當然是將高翔帶到他們的大本營去的，大本營難道會在辦公大樓的附近麼？而且，紅磚屋在什麼地方呢？

木蘭花心中的疑問越來越甚，因為這裡是有警員駐守的，如果說高翔被歹徒押著，經過這裡，而不被警員發覺，這根本是不可能的。

她知道，自己一定是駛錯了路，她停下車，以極矯捷的腳步向一個小山頭爬去。

當她爬上了那個小山頭之後，她拿出了望遠鏡，四面張望著，三分鐘之後，她看到了那間紅磚屋。她立即肯定，那就是高翔所說的那一間！

因為這是附近獨一無二的一間紅磚屋。在望遠鏡中，她還看到在那紅磚屋之旁，是許多高壓電線，看來，這間紅磚屋是水電站放置高壓器的場所。

木蘭花記得十分清楚，高翔最後給她的指示，是「紅磚屋前」，那麼，她自然必須前去察看一下了，有一條路是通向那紅磚屋的，那條路勉強可以行車，但是木蘭花卻看不到車子停在紅磚屋之前，而她也決定不用車子前去。

因為這時，她對於歹徒方面的情形還一無所知，她當然希望能在黑暗中察看情形，而如果用車子前去，她的目標就容易暴露了！

木蘭花從山頭上翻了過去，山間是全然沒有小路的，木蘭花就在無數的樹叢之中向前走去，她足足費了三十分鐘，才到了紅磚屋的附近。

在她來到離那紅磚屋約有十五碼的時候，她看到有兩個人從屋中走出來。木蘭花連忙矮下了身子，伏在灌木叢之中。

那走出來的兩個，看來像是技師，他們的身上全部穿著工裝，身上有很多油污，兩個一面走，一面在講話，一個道：「我看沒有問題了，等有新的零件運到時，再配上去好了。」

另一個則道：「當然，我看新的零件很快就可以到了吧。」

那一個又道：「我們已經去催了。」

他們所講的，全是有關機器方面的事情，和高翔、歹徒，一點關係也沒有。木蘭花本來想跳出去，向那兩人打聽一下究竟的，但是她隨即改變了主意，因為她覺得事情十分蹊蹺，自己若是貿然現身，只怕反而會打草驚蛇！

使木蘭花覺得事情蹊蹺的，只因高翔和她最後的聯絡是「紅磚屋前」，而不是「紅磚屋中」，而木蘭花到這時實在看不出紅磚屋之前，有什麼奇特之處。紅磚屋之前，只是一片草地而已！

而且，高翔在講了那句話之後，到如今已經有一小時了，木蘭花沒有再聽到高翔任何聲音，這是很不正常的。

發生這種不正常的情形，只有三個可能。

一個可能是高翔一直昏迷不醒，根本沒有機會講話，但是這個可能較少，因為即使是這樣的話，也應該聽到一些別的聲音。

第二個可能是，高用的另一枚袖扣鈕已被歹徒發現，而加以破壞，所以木蘭花便一直接不到高翔的音訊了。但這個可能性也不大。

因為，在歹徒破壞的時候，她一定也可以聽到極大的聲響，但是木蘭花在聽到了高翔最後那兩句話之後，一直未聽到過別的聲音。

第三個可能是，她和高翔之間隔了極厚的水泥牆，那堵極厚的水泥牆，阻隔了微弱的無線電波的傳遞，以致使她聽不到高翔發出的聲音了。

木蘭花認為第三個可能，可能性最大。

但如果第三個假定成立的話，那等於說，在這紅磚屋之前的地下，一定有著一個秘密的地下建築！

木蘭花也是因為想到了這一點，所以才未曾截停剛才那兩個技師的，這是由於那兩個技師看來是絕不知情的緣故。

木蘭花繼續伏在灌木叢中等著，她的心中十分焦急，好幾次，她都忍不住想起身到那間紅磚屋中去看個究竟，但是她卻忍了下來。

過了足足有四十分鐘之久，木蘭花耐心的等待才算是有了結果，她看到有一個人，急匆匆地從山頭上走了下來。

那人穿著一套黑色的西裝！木蘭花陡地緊張起來，她用心地看著那人，只見那人奔下山頭，來到了空地上，逕自走進了那間紅磚屋中。

看到這等情形，木蘭花的心中多少有點失望，可是，她卻立刻聽到了一陣異樣的「軋軋」聲，那一陣聲響，是起自地底的！

木蘭花的心中一陣狂喜！她的推測沒有錯，紅磚屋前的地下果然有著古怪，而且，機關是在紅磚屋之中！

木蘭花循聲看去，看到草地的中心，一塊約有四平方呎的草地向上升了起來，升起的草地約有一呎厚。一呎厚的泥土，足可以使得那一方塊上的野草長得和其他地方一樣茂盛了。

在那一小塊草地升起之後，有一架鋼梯，隨之也迅速地升了上來。

那個穿黑西裝的人，以極快的步伐奔了出來。

他奔到了鋼梯之旁，爬了下去，他剛一爬了下去，鋼梯和那一小塊草地也降了下來，如果不是剛才親眼目擊的話，是絕想不到其中會有這樣古怪的。

木蘭花沉住氣，又等了五分鐘，沒有什麼動靜，她才走出了灌木叢，向那間紅磚屋走去，走到了屋前，她發覺她的判斷不錯，在紅磚屋中的，的確是一具極大的變壓器，而她才一到門口，在屋中工作的兩個人便轉過身來瞪著她。

木蘭花站住了身子，不再向前走去。

那兩個工人模樣的人揮著手，道：「走開，走開，高壓電房，不是你來玩的地方。」

木蘭花知道賊人並沒有認出自己是誰來。

木蘭花當然不知道這兩個是什麼人，但他們乃是匪黨中的人，這幾乎是沒有疑問的了，如果不是歹徒的同伴，剛才那穿黑西裝的人進屋去又出來，草地上響起了軋軋的聲音，他們為何有不出來看視的道理？是以木蘭花仍向前走了過去。

那個人氣勢洶洶地向外迎了出來，道：「叫你不要走近來，你——」

當那個人講到這裡的時候，木蘭花已然來到他們的身前了。

木蘭花慢慢地揚起手來，道：「好，好，我走開，我走——」

她一面說，一面已突然發動，她雙手「啪啪」兩聲搭上了那兩人的肩頭，用力向外一分。那兩人的身子，立時向外跌了出去。

木蘭花的左足一勾，在他左邊的那人，「叭」地跌倒在地，而木蘭花的身子疾向右跳出了一步，她的右臂已緊緊地箍住了左邊那個人的頭顱。

跌倒在地的人，身手相當矯捷，他一骨碌地爬了起來，然而，在他只起身到一半的時候，木蘭花早已一腳飛踢了出去。

那一腳重重踢在那人的太陽穴上，那人的身子又猛地向後一仰，倒在地上，睜開著雙眼，但是卻已然昏了過去。

木蘭花一聲冷笑，沉聲道：「你聽著，我是木蘭花！」

那人猛地一震，身子發起抖來。

木蘭花又冷笑一聲，道：「你不必害怕，只要你肯合作，我是不會取你性命的，我問你的話，你要一句一句，老實地回答我。」

她一面說，一面將箍住那人頭部的手臂略鬆了一鬆。

那人剛才已差一點給木蘭花箍得窒息過去了，這時木蘭花的手臂一鬆，他才大大地鬆了一口氣，道：「是——是，我說，我說。」

木蘭花沉聲道：「好，那麼，我問你，在這個地下室中的是什麼人，剛才，警方的高主任是不是被你們帶到地下室去了？」

那人口中唔唔作聲，卻講不清什麼話來。

木蘭花心中大是惱怒，她又道：「你若是不講，我不再和你多嚕唆的了，你先看你的同伴，就可知道你會怎樣了！」

木蘭花一揚手，「嗤」地一聲，一枚毒針射了出來，射在那昏倒在地上的人的頰上，那枚毒針還有一大半露在外面。

那一枚毒針，和在那幢別墅之中，木蘭花用來對付狼犬的毒針是一樣的，那其實並不是致人於死的毒針，只不過針上有著強烈的麻醉劑而已。

木蘭花一向不贊成隨便殺人，不到萬不得已的時候，她絕不使用槍械，更不要說會去射殺一個本已昏去的人了。

可是那歹徒卻不知道這一點，木蘭花也存心用這一點去恐嚇他，那歹徒的身子果然發起抖來，他不斷地道：「我講，我講了。」

木蘭花一連幾腳，先將那個昏倒在地。什麼也不知道的人踢進了紅磚屋，然後，她挾著那個歹徒，也進了那間紅磚屋中。

那歹徒還在不斷地道：「我說了，我說了！」

「那你就先回答我剛才的問題。」

「好，好，高翔是被帶到地下室去了，地下室中，是由王大通博士作首領的，我們只不過是小嘍囉而已，你必須放過我。」

「那得看你回答我問題時的態度怎樣而決定。」木蘭花道。

「是，是。」

「你雖然是小嘍囉，但是你總也有機會進地下室去的，是不是？」木蘭花繼續問著，一面心中在想，「王大通」，王大通博士，這名字好熟啊！

木蘭花的確對這個名字十分熟悉，可是人的記憶有時是沒有那麼順利將所有的印象很快地發掘出來的，她這時偏偏想不起來這位王大通博士是什麼人了！

「是，是的。」那歹徒回答。

「好，那麼，譬如說，你進地下室去，會遇上一些什麼問題呢？會有什麼人來向你查問，你又應該如何去應付他們呢？」

「我……我……我……」那人又猶豫了起來。

「快說！」木蘭花取出了一枚毒針來，對準了那歹徒的鼻子，這時已到了緊要關頭，她實在是不能不進一步地恐嚇那歹徒了。

那歹徒的鼻尖之上，滲出了點點的汗珠來，他道：「有……有一塊銅牌……是王博士給的，我扣在……我的衣襟上。」

木蘭花連忙低頭，向那歹徒的衣襟上看去。

果然，那歹徒的衣襟上扣著一面銅牌，但是，那卻是蓄水湖水電站的職工證章，木蘭花怒道：「你還是在胡說八道，是不是？」

「不，不，」那人雙手亂搖，「我們可以進出地下室的人，不論他襟上所戴的是什麼樣的章，都是經過王博士的特殊處理，留有一種特異的放射線，在進去之後，有一扇門，門上有電眼，可以分辨出證章上是否有這種特殊的放射線，開地下室的機關，就在這個掣。」

木蘭花心知在這樣的情形下，那歹徒一定不致於再講謊話的了。她冷冷一笑，道：「謝謝你，請你先休息一下再說！」

木蘭花手中的毒針輕輕向前一送，便已經刺中了那歹徒的鼻尖，強烈的麻醉劑立時發生作用，那歹徒身子一側，木蘭花將他慢慢地放了下來。

木蘭花以最快的手法，將那歹徒身上的上裝除了下來，套在自己身上，她取下那證章，看了一會，看不出有什麼特別來，又將之扣在襟上。

木蘭花又將那兩個昏了過去的歹徒，拖到了電壓房不受注意的角落中。然後，木蘭花來到一個掣前，伸手按了下去。

她才按下掣，便聽得身後傳來了一陣軋軋聲。

木蘭花連忙返身向外，奔了出去，那一小塊「草地」已經慢慢地升起來。而且，鋼梯也已升了出來。木蘭花深深地吸了一口氣，向下落去。

她才一踏上鋼梯，不用她自己向下爬，鋼梯便自動地落了下去，那一塊「草地」也向下壓了下來了，她眼前陡地一黑。

也就在她眼前陡地一黑間，她心中卻一亮！

電光石火間，她想起王大通博士的名字是什麼人了！

早兩三年，王大通博士的名字曾不斷在本市的報紙上出現，那是因為他才在南美建立了一個極大的水電站之後，來到本市，建立蓄水湖水電站的。

當時，有人說他來建立本市的蓄水湖水電站，那是大材小用，可是王大通自己卻欣然地接受這一任務。

木蘭花更記起了，當王大通從南美回來的時候，他曾帶來十幾個助手，當時也沒有什麼人表示懷疑，但是他這十幾個助手乃是他的同黨，這已是毫無疑問的事情了。

王大通竟利用他的職權，在這裡建立了犯罪的總部！而且，可以想像得到，水電站的大量電力，當然也給王大通盜用了！

木蘭花在剎那之間，想到了許多事情，但是這其間，只不過幾秒鐘而已，她的眼睛在那麼短的時間中，也已漸能適應了較黑暗的光線。

而鋼梯的下降也已停止，木蘭花向下走下了兩三級，已然腳踏實地，她仔細一打量，她自己是站在一個大約十二呎見方的地下室中。

那地下室，除了那鋼梯之外，一無所有。

在她的前面，是一扇鐵門，正如那歹徒所說，鐵門之上，有著許多半圓形凸凹，前耀著奇異光芒的電眼，木蘭花的心中不免十分緊張，她慢慢地向前走去，來到門前，略停了一停。

她聽到門內發出了幾下輕微的「吱吱」聲，接著，那門便自動地打了開來。

木蘭花的心中固然緊張，但是既然已到了這裡，卻又萬萬沒有退縮之理由，是以她立時走了進去，在她背後的那扇門，也立時關上了。

木蘭花一走進去，便不禁呆了一呆！

那是一間和外面的一間大小相同的地下室。

可是，室中卻根本空無所有，外面那間，還有一柄鋼梯，可是這一間，卻是真正空無所有的，她站在一間空房間中！

在那一剎間，木蘭花實是感到狼狽之極！

令得她感到狼狽的，當然不止是因為這間房間中空無所有，反之這間房間中，除了她進來的那扇門之外，別無出路！

剎那之間，木蘭花有走進了一個陷阱的感覺！

她是個極其機靈，應變極快的人，可是，在那一剎間，她卻也不知道自己該做什麼才好，就在此際，她聽到了一個十分粗暴的聲音。

聲音從她的頭頂上發出，木蘭花立時抬頭向上看去，可是那傳音器卻被隱藏得十分之好，木蘭花竟看不出是在什麼地方。

那粗暴的聲音喝道：「你未奉召喚，前來做什麼？」

木蘭花勉力鎮定心神，她知道，對方能夠將傳音器隱藏得如此之好，當然也可以將電視攝像管隱藏在適當的地方的。那也就是說，對方可以清楚地看到她，那並不是什麼出奇之事。

但是無論如何，對方這樣問自己，那表示她並未曾露出馬腳來，對方還不知她的真實身分！

木蘭花連忙低下頭來，她如果一直抬起頭，那是很容易被電視攝像管攝入鏡頭的，她令得自己的聲音變得十分低沉，道：「我有要緊的事，要報告王博士。」

那聲音聽來更加粗暴，更加不耐煩了，他再道：「胡說，你怎麼可以隨便見王博士，你有什麼事，只管對我講好了。」

木蘭花呆了一呆，但是，她連忙應道：「是！是！」

木蘭花連連稱「是」的時候，她的心情實是緊張到了極點，因為看來，她已無法再進一步了。

她當然可以隨意捏造一件事，去騙過那個人，但是當她將那件事情講完之後，她卻非要退開去不可了，那麼，她豈不是白白地來了一次？

她這時殫智竭力在想的，就是如何可以使自己進入這個地下總部的中心部分，見到高翔，見到這裡的主持人王大通博士！

正在她想不出有什麼辦法的時候，她的機會來了，在她身後的那一扇門，突然「吱吱」地響了起來。

木蘭花轉過頭去，只見門打了開來，一個穿黑西裝的傢伙，匆匆走了進來。木蘭花連忙讓過一旁，只見那傢伙，直對牆壁走去！

木蘭花的心中陡地一動：那間房間，並不是沒有通路的，只是它的暗門建造得十分之巧妙，看來和牆壁一樣而已！所以，那黑西裝的歹徒才會向牆走去的。

木蘭花心知，自己憑著偽冒的身分混進地下室來，也只能到此為止了，此後，必須憑藉真實本領去硬闖，是以，她一見到那人向牆走去，連忙跟了上去。

木蘭花的判斷，稍稍有一點錯誤。

她料定那牆上有一個天衣無縫的暗門，但是實際上，當那個黑西裝的人來到牆前之後，略停了一停，他的右手在左腕的手錶上拍了一下，木蘭花心知那傢伙的手錶，一定是一具無線電控制儀器了。

緊接著，他面前的牆整幅地向左移了開去，露出了裡面的一間房間來。裡面的一間房間，也不過十二呎見方。

那是一間充滿了各種儀器，在牆上裝有許多具電視的控制室，那穿黑西裝的人匆匆走進去，木蘭花仍然跟在他的後面。

木蘭花才一跨過牆，那穿黑西裝的人便突然轉過身來，狠狠地道：「你來做什麼，你——」

他講到這裡，陡地停住了！當他開始責斥木蘭花的時候，他當然只是責備木蘭花不應該進入這間控制室的。但是當他轉過身來之後，他離木蘭花只不過三呎遠近。

木蘭花剛才進來之際，並沒有機會去進行充分的化裝，她只不過在臉上略抹了一些油污而已，在那樣的近距離中，要瞞過一個有經驗的人，那幾乎是不可能的事，是以那人立即發覺不對頭了。

可是，當他發現事情不對頭時，木蘭花也出手了！

木蘭花驀地一伸手，拉住了那人的手腕用力一扭，將那人的手扭轉過來，使得那人的身子不由自主地一轉，背對著她，擋在她的前面。

也就在這時，原來背對著她，坐在一張椅子上的一個人，倏地轉過身來，「撲」地一聲，已向木蘭花射出了一發子彈。

如果木蘭花不是動作快，一被那人覺出不妙，便立時將那人的身子扭了過來，擋在她自己面前的話，那一槍一定已射中木蘭花了。

但這時情形卻並不是那樣。

這時，槍聲一響，木蘭花身前那個人的身子驟地震了一震，那粒子彈射進了他的身中，木蘭花心中暗叫了一聲好險！

那發槍的歹徒顯然也未曾料到有這樣的結果，他陡地站了起來，木蘭花不待他發出第二槍，雙手用力猛地一推！

5 世界勒索會

她將已然中槍的歹徒的身子，推得猛地向前跌了出去，重重地撞向那另一人，她是希望這一撞，可以將那人撞跌。

可是，那人的身手卻十分之矯捷，木蘭花一將中槍的歹徒推出，那人身子已突然向外跌出了半步，木蘭花一見自已推出的人將撞不中對方的身子，心中已知不妙，連忙伏在地上打了一個滾。

這一次，又是她過人的機警，救了她的命。

就在她身子剛一倒下滾出之際，那人又發出了兩槍。然而，由於木蘭花是在他還未曾發槍時已避了開去的，是以那兩槍仍然未曾射中她，木蘭花已然滾到了椅子之後。

她在椅子之後只停了十分之一秒的時間，立時又竄了出來，這次，她是向前直撲而出的。

她撲出的勢子是如此之快，以至那人剛來得及揚起槍來，木蘭花的雙腳便已凌空踢到了。

那兩腳是身在半空之中，凌空蹬了出來的。

可是，這兩腳的力道卻是極強！

那是木蘭花的真功夫之一，她在表演的時候，躍起，凌空蹬出雙腳，是可以將一塊一吋厚的木板踩裂的。這時，她兩腳迅疾無比地蹬出，一腳踩在那人的手腕上，一腳踩在槍上。

那人的手腕上發出了「啪」地一下骨裂之聲，痛得他怪聲嚎叫了起來，因為他的腕骨已然被木蘭花活生生踢斷了！

他腕骨一斷，自然再也握不住槍了，再加上木蘭花的左腳本是踢中了那柄槍的，是以那柄槍「砰」地向外飛了出去，重重地撞在牆上。木蘭花的身子一挺，落下地來。

她一落地，一伸手，便將痛極俯身的歹徒提了起來，喝道：「快帶我去——」

她才講到這裡，突然背後傳來一陣嘿嘿聲，道：「他已受傷了，不能替你服務了，你要到什麼地方去？由我來帶路好了！」

在那人講話的時候，木蘭花的身子一動也不動，但是她的雙手仍然緊緊地抓住了那腕骨斷折的那個歹徒的前胸。

等到那人一講完，她猛地轉過身來。

她一轉過身來，立時將手中的歹徒向前猛地推出！

可是這次，情形卻不同了！

那歹徒被木蘭花用力一推，自然立時向前跌去，但是他剛跌出了兩步，槍聲響了，一連三下沉悶的槍聲，三粒子彈射進了那人的身子。

子彈迎面射來，將那人向前跌出的勢子阻住，那人的身手連晃了三下，砰地一倒在地上，立時死於非命了！

這一個變化，倒是大大地出乎木蘭花的意料之外，因為她向前推出的，乃是匪黨中人，而且，那人已然能立在控制室中，地位當然不會低，她實是料不到那人會立即遇到槍殺！

她一呆之下，立即知道在這樣的情形下，自己是不宜亂動的。

她定睛向前望去。在她前面的，一共有四個人之多！

站在她最前面的是一個瘦老頭子，他的槍口還在緩緩地冒著煙，剛才三槍，當然是他放的！而在他身後的三個人，手中也握著槍！

那人一見木蘭花向他望來，立時冷冷地道：「你或者在奇怪，何以我會槍殺自己人，我可以告訴你，我們的規矩是，我們的人，必須是最好的，絕不能是失敗的人！」

木蘭花道：「原來是這樣！」

她一面說，一面裝著不經意地抬起手來。

她抬起手來的目的，是想出其不意地接觸頭上的頭箍，那麼，她就可以在極短的時間內射出四枚毒針，來對付眼前的四人了。

當然，這行動是十分危險的，但是比起束手就擒來，這個險倒是值得一冒的，可是，木蘭花的手根本未曾碰到她那個有許多用途的頭箍！

因為，她的手才一抬了起來，那人便已陰森森地喝道：「別動，一動也別動，即使你的小指尾動一下，我也立時開槍！」

「哈哈，」木蘭花停住了不動，但是她卻笑了起來，「想不到你們這樣怕我，但是我看，就算我動了，你們也不能殺我。」

「你別想得那麼好！」

「當然，這不是我想的事情，事實是，你們的目的，只不過是在二十萬美金，高主任在和你們談判，你們沒有道理要殺我的！」

那人在木蘭花講話的時候，一聲不響地聽著，等到木蘭花講完之後，他卻大聲地轟笑了起來！

木蘭花早就知道，那封信，和那種劇毒藥G—G7，以及丁工程師的死，這一切，都絕不如表面上那樣簡單，其中一定還有著特別的內幕。

而她剛才那一番話，也是故意如此講的。

果然，對方一聽便轟笑了起來，這證明木蘭花的估計是正確的，勒索二十萬美元這樣的一個小數目，只不過是煙幕。

但是，歹徒的真正目的是什麼呢？

木蘭花想在那人口中套出一些風聲來，但是那人的轟笑聲才一停止，便已然喝道：「快轉過身去！」

雖然，轉過身去，對木蘭花是更加不利的，但是，在如今這樣的情形之下，木蘭花可以說是毫無選擇的餘地！

她依言轉過身去。

在她身後的那人又道：「向前走！」

木蘭花的前面，乃是一幅牆，前面別無去路。

她抗議道：「前面是牆，你叫我走向前去做什麼？」

「向前走！」那人仍是冷冷地命令著。

木蘭花冷笑了兩聲，向前走去，當她走了幾步之後，她前面的牆上突然出現了一道暗門，裡面漆黑一片，什麼也看不到。

「走進去！」她身後那人再度命令。

木蘭花吸了一口氣，走了進去。

她才一跨進去，只覺出自己似乎是在一座升降機之中，那「升降機」便突然地旋轉起來。

這種旋轉是來得如此之突然，以至木蘭花沒有準備去穩定身子，她身子倒了下來，而那種急速的旋轉在持續著，她一倒了下去之後，再想站起身來，就難了。

在接下來的十分鐘之中，她只覺得天旋地轉，一點力道也拿不出來，正當她眼前金星亂迸，耳際嗡嗡作響，幾乎昏過去之際，旋轉停止了，她被一股巨大的離心力拋出來，拋到另一間房間的地上。

那時，木蘭花的身子實際上已然靜止不動了，可是，由於剛才的旋轉實在太劇烈了，是以，她只覺得身子仍然在不斷地動盪，眼前的一切，也全是轉動著的，什麼也看不清楚。

但是，儘管如此，她的聽覺還相當正常。

她立時聽見有一個人叫她，那在叫她的人所發出的聲音，木蘭花十分熟悉，木蘭花不必多去細想，便可以聽到，那是高翔的聲音。

她手在地上一按，猛地站了起來。

她腳下的地面，在她的感覺之中，仍然如巨浪也似地在起伏著，但是她雙腳微微分開，卻立即使她的身子在地上站穩了。

她的身子一站穩了之後，只聽得高翔的聲音更是清晰了，高翔在叫道：「蘭花！你也來了，我們又在一起了！」

高翔的聲音聽起來十分愉快，全然不像是他們是在敵人的巢穴中相會一樣。

木蘭花再定了定神，旋轉的感覺已消失了。

她看到高翔正向她走來，木蘭花連忙伸出手去，兩人的手立時緊握在一起，木蘭花這才看清，自己又到了一間空無一有的房間之中！

見到了高翔，木蘭花首先放下心來。

因為高翔沒有事，而如今他們兩人又在一起了，他們兩人曾經經歷了那麼多的驚險和危難，這使得他們兩人都感到：只要是他們兩人在一起，那麼，世上沒有什麼是不可克服的困難的！

也就在這時候，他們聽得頭頂上又傳來了一個聲音，道：「你們從這道門走出去，必須服從命令，不然，便會立時招致死亡！」

隨著那講話聲，一道暗門打了開來。

那暗門中也是漆黑一片，什麼也看不到。

高翔低聲道：「蘭花，這是怎麼一回事？」

木蘭花已經完全恢復了鎮定，道：「我還不知道，但如今，我們除了服從他們的話之外，沒有別的法子可想，看來，他們是暫時不會對我們下手的。」

「是，我被他們擊昏過一次，醒來之後，他們便對我說，只要我能夠服從他們一切命令的話，是不會有生命危險的。」

木蘭花已在向暗門走去，她一面走，一面又低聲道：「照如今的情形看來，事情的發展，已到了漸漸明朗化的階段了。」

「你看出什麼線索？」

「我看，整件事情，幾乎完全是為了我們而發生的！」

高翔陡地呆了呆，道：「什麼？我不明白。」

這時，他們兩個已來到了暗門之前，木蘭花向高翔使了一個眼色，示意他不要再說話，他們兩人是並肩向暗門中跨了進去的。

他們才一跨進暗門，眼前一黑，一時之間，什麼也看不到，就在此時，他們兩人面前突然響起了一陣「嗤嗤」聲。

他們感到有一陣濃烈的麻醉藥氣味撲鼻而至！而那種「嗤嗤」一聲，當然也是大量的麻醉劑噴出來時所發出的聲音了，他們兩人立時想向後退出來，但是卻已來不及了。

他們的身子只不過向後仰了一仰，便一起倒了下來。他們甚至未曾聽得他們身後響起的腳步聲，便已昏了過去。

在他們身後響起的腳步聲，是兩個穿著黑西裝的歹徒所發出的，那兩人來到昏迷不醒的木蘭花和高翔之前，俯身看了一看。

他們中的一個道：「好了，他們兩人都昏過去了，我們可以遵照命令行事，事情到如今為止，總算是極其順利的！」

那一個笑道：「到如今為止順利，再也不會有什麼不順利了！來，我們一人扶一個，先將他們扶出去，再實行命令的第二部分！」

他們兩人將昏了過去的木蘭花和高翔兩人架了起來，向外走去，一路上，還可聽得他們兩人發出得意的笑聲來。

在木蘭花的住所中，只有穆秀珍一個人。

穆秀珍無聊地在客廳中來回踱著步，也不知過了多少時間，她不時望著掛在牆上的時鐘，終於重重地跌坐在一張沙發上。

她一臉都是不高興的神色，口中咕噥著道：「哼，蘭花姐，你也太沒有理由了，出去了那麼久，電話也不來一個！」

她撐著頭，又生了一會氣，才道：「好，我也出去！」

她「蹬蹬蹬」地向外走著，走到了門口，又轉身回來，在電話旁邊的記事簿上，扯下了一張紙來，寫道：「我不回來了！」

寫好之後，她將那字條壓在電話下面，像是出了一口氣，繼續向外走去，重重關上了門，走過了花園，來到了鐵門口。

她剛準備打開鐵門，就看到一輛極其華貴的汽車，在門前停了下來，車門打開，先走出來的，是一個穿制服的司機。

那司機接著打開了後面的車門，一個握著手杖，衣著十分華貴，一眼便可以看出他非富即貴的中年人，從車中走了出來。

穆秀珍呆了一呆，心想，這是什麼人，他是來找蘭花姐的麼？是做什麼的？好，不管他來求什麼，自己一口答應就是了，反正自己被人拋在家中，無聊透了！

她不等那中年人先開口，便道：「喂，你來做什麼？」

那中年人在門前站定，道：「我，我是來找人的！」

「木蘭花不在家！」穆秀珍沒好氣地回答。

她以為既然有人上門來，那毫無疑問一定是來尋找木蘭花的了，卻不料那中年人笑嘻嘻地道：「我不是來找木蘭花的。」

穆秀珍呆了呆，這倒是她未曾想到的，是以她立時反問道：「你不是來找木蘭花？那麼，你是來找什麼人的？你難道……是來找我的？」

「如果你是穆秀珍小姐的話，我確然是來找你的。」那中年人彬彬有禮地說。

穆秀珍的心中極其高興，她忙道：「不錯，我就是，你請進來，請，請！」

她一面說，一面便打開鐵門，讓那中年人走進來。

那中年人握著手杖，向內走來，穆秀珍又迫不及待地問道：「請問先生貴姓，來找我又有什麼事情？只管說好了！」

那中年人笑道：「人家說穆秀珍小姐最是豪爽，果然不錯，我的確是有一件事來找穆小姐幫助的，要請穆小姐幫忙。」

兩人一面說，一面已進了客廳。

穆秀珍和那中年人一先一後，進了客廳之後，那中年人仍然十分有禮，連穆秀珍也不好意思表示太過心急了，她只是道：「請坐，請坐！」

那中年人坐了下來，四面打量了一下，剛才，他還在說有事情要穆秀珍幫忙的，可是這時，他卻只是講些沒要緊的話，道：「佈置得很不錯啊！」

穆秀珍心中連罵了兩聲「他媽的」，然後道：「老先生——」

她才講了三個字，那中年人便搖手道：「嗳，別叫我老先生，我老麼？我一點也不老，你這樣叫我，我是會不高興的。」

穆秀珍竭力忍著，可是這時候，她卻忍不住了，大聲道：「那麼，我稱呼你什麼才好？你根本未曾向我作過自我介紹！」

那中年人抱歉地笑了一笑，道：「是，是，這是我的不對，我……小姓王，名大通，這是我的名片，穆小姐請多多指教。」

他一面說，一面將一張名片遞給了穆秀珍。

穆秀珍本來就不耐煩和他通名道姓，她只盼對方快快將要她幫忙的事情講出來，她更盼望是一件十分新奇刺激的事情。

但這時，人家既然將名片遞給了她，她卻不能不作禮貌上的表示，是以她接了過來，隨便看上一眼。

她已經知道了對方叫王大通，再看名片，本就沒有多大的作用，是以她準備在看了一眼之後，順手將之放在咖啡几上，再去問對方究竟是為什麼事而來的。

可是，她在看了一眼之後，再想將名片放下，卻是在所不能了。

那絕不是因為這張名片有著什麼魔力，而是因為名片上的銜頭，實在太驚人了！

那名片的右上方，赫然印著「世界勒索學會會員」，「勒索學博士」，「暗殺學會名譽顧問」等三個在任何名片中找不到的銜頭！

任何人看到了這樣的三個銜頭之後，都免不了會大吃一驚的，穆秀珍當然也不例外，她陡地一呆，幾乎疑心自己眼花了。

她在一呆之後，下一個動作，便是自然而然地將那張名片拿得近些，再詳細看上一眼。

可是，就在她將名片拿到離她的鼻端只有七八吋距離的時候，她突然聞到，自那名片上面發出了一股極其強烈的氣味。

那是極其強烈的麻醉藥氣味！

穆秀珍陡地吃了一驚！她想立即站起來，拋開那名片，同時一拳向王大通正在展開一個狡猾的微笑的臉部揍去。

可是，這一切，只不過是她「想」而已。

她的大腦雖然下達了這一連串的命令，但是，她的身體卻已經完全麻木，再也不聽指揮了。

她坐在那裡，一動也不能動，她的手臂開始向下垂去，她連一張卡片也拿不住，那張令得她全身發軟，一點力氣也沒有的卡片，從她的手指中滑了出來，落在地上。

王大通欠了欠身子，在地上拾起了卡片，取出了他的皮夾，將那張卡片放了進去，一面嘻嘻地道：「穆小姐，請原諒我的吝嗇。」

這時，穆秀珍看得到，聽得見，頭腦也很清醒。可是，她除了可以眨眼睛之外，身體的任何部分都一動也不能動，她只得睜大了眼，望著王大通，儘管她心中有千萬句話想罵王大通，卻一句都講不出來。

王大通放好了名片，續道：「我必須要吝嗇，因為這張卡片，是用一種極強烈的麻醉劑中浸過，而這種麻醉劑，在世界上的存量很少，它是亞馬遜河上游，一種稀少的植物根部製成的，穆小姐，你不介意我的手段略為卑鄙了一些吧？」

他一面「桀桀」地笑著，一面站起身來，只見他拉出他那根手杖的頭，又拔出了一根天線，那手杖中竟巧妙地蘊藏著無線電對講機。

「依原計劃進行，」王大通道：「第一部分已經完成，等你們來完成第二部分。」

王大通只講了那兩句話，便將手杖回復原形。

這時，穆秀珍心中的憤怒已經成為過去了。

她開始冷靜下來，自然，以穆秀珍的性格來說，要她的思緒真正地冷靜下來，那幾乎是沒有可能的一件事情。但她至少總知道，再憤怒下去，是一點用處也沒有的，她必須停止憤怒，來考慮一下自己目前的處境，以及如何應付。

她可以說是一點應付的辦法也沒有，因為她的身子根本不能動，在全身一點力道也沒有的情形下，她有什麼辦法反抗？

她不想去反抗，只是在想，這個王大通究竟是什麼人。

王大通是什麼人，在他的頭銜上似乎已寫得十分之明白了。

他是世界勒索會的會員，是勒索學的博士。

但是，世上真有這樣銜頭的人麼？穆秀珍的心中不禁苦笑！

她實在可以說得上「一籌莫展」，她除了望著王大通之外，沒有別的可做，而王大通則顯得十分悠閒，他咬著煙，拄著手杖，在客廳中緩緩地踱步。

過了約莫六分鐘。只見兩個黑西服的中年人奔了進來，王大通向穆秀珍指了指，道：「帶她去，將她和高翔、木蘭花放在一起！」

穆秀珍的身子雖然一點也不能動彈，但是她的思潮卻是在漸漸地回復鎮定，她甚至希望木蘭花會恰好回來，制服王大通。

可是，當她在聽到王大通這樣講的時候，卻幾乎昏了過去！

高翔和木蘭花，莫非他們兩人也落入了這勒索學博士的手中了麼？

穆秀珍只覺得眼前陣陣發黑，也就在那一剎間，她的眼前突然一下漆黑，變成什麼也看不到了。

穆秀珍吃了一驚，但是，她立即覺察到，這並不是自己的雙目失明，而是由於一個特製的眼罩將她的雙眼完全罩住之故，所以她什麼也看不到了。

穆秀珍也知道，對方一定是要將自己移到別的地方去，而且，對方一定是不願自己知道身在何處，所以才這樣做的。

穆秀珍長長地嘆了一口氣，只好聽天由命。

她覺得自己的身子被兩個人一左一右挾了起來，架著向前走，接著，又似乎被塞進了一輛汽車之中。

汽車向前駛著，也不知駛向何處，但是路程十分之遙遠，因為穆秀珍覺得，那至少是一個小時以上，汽車才停了下來。

穆秀珍又被抬下了車子。

這時，穆秀珍什麼也看不到，但是，她卻可以知道，自己是來到了海邊，因為她聽到了海水沖擊著沙灘的聲音。

她心想，那個該死的王大通，準備對自己怎樣呢？是不是想將自己拋下海去？還是想將自己由水路運走？

她只好想著，猜著自己未來的命運。

她覺得，自己又被人扶著向前走去，不一會，像是上了一艘小艇，她又聽到了小艇引擎的發動聲，小艇向外駛了出去。

從迎面吹來的海風上，穆秀珍覺出小艇的速度十分高，約莫又過了三十分鐘，小艇的引擎聲突然停了下來，小艇在滑出十碼之後，便停止不動了。

然後，穆秀珍聽到了「的的的」的聲音，那是發無線電報的聲音，穆秀珍聽了一會，她聽不懂對方所發的密碼。

在一陣電報之後，什麼聲音都靜止了，只聽到海風聲和海水在移動時的聲音，但是，在二十分鐘之後，穆秀珍卻又聽到了一種嘩嘩的水聲！

聽這聲音，好像是有一艘船在附近駛過，小艇也因之顛簸了起來，可是，那聲響卻又不像是有一艘船駛近，倒像有一艘船忽然從水底冒了出來一樣。

6 別開生面

一艘船忽然從水底冒了出來！

穆秀珍的心中陡地一動，一艘能從水底冒出來的船，那是什麼？

這個問題的答案，實在可以說再簡單也沒有了！

那是一艘潛艇！

小艇慢慢向前移動，直到碰到了什麼，然後，有人扶著穆秀珍離開了小艇，穆秀珍踏上了很硬的鋼板，又走了幾步，然後，她的身子被抬了起來，像是從一個圓洞之中塞了進去。

到這時候，她已再無疑問：那的確是一艘潛艇了。

從那洞口被塞進去之後，潛艇中又有人將她接住。

她又被推擁著向前走著，大約走出了十多碼，她的眼罩被除去了，她第一眼看到的，是一扇鋼門，鋼門隨即被打了開來。

鋼門一被打開，她就被推了進去，跌倒在地上。

然後，「砰」地一聲，那扇門便關上了。

穆秀珍是面向著地下跌倒的，而她在跌倒之後，也根本沒有力道翻過身來，她只能勉力抬起眼來，打量著周圍的情形。

當她勉力轉動著眼珠之際，她首先看到了兩個人，心中一陣興奮，在那一剎間，她幾乎叫了出來。

那兩個人，一個是木蘭花，一個是高翔！

但是，她一看到了高翔和木蘭花之後的那種興奮和高興，卻在半秒鐘之內便消失了，因為她立即看出，木蘭花和高翔兩人的情形不對頭。

他們兩人坐著，卻都側著頭，身子也是斜的，像是隨時可以從椅子上跌下來一樣，倒像是他們正在打瞌睡。

他們當然是不會在這種時候，這種情形之下瞌睡的。

不是打瞌睡，那自然是昏迷不醒了！

穆秀珍閉上眼睛，心中又長嘆了一聲。

她這樣臉向下伏著，當然是極不舒服的，但是她卻也沒有別的辦法可想，因為這時，她的身子就像是根本不屬於她自己的一樣。

也不知道過了多久，她不時地睜開眼來，看著高翔和木蘭花兩人，可是坐在椅上的兩個人卻全然沒有醒過來的意思。

這是一個十分狹小的艙房，那自然是屬於潛艇的艙房，而不可能屬於別種船隻，而穆秀珍這時也覺得耳朵中似乎有一種特別膨脹的感覺。

這種感覺，正是潛入深水之時才有的。

穆秀珍心中不禁大是吃驚，她，木蘭花和高翔三人，全落入了敵人的手中，對方正將他們放在潛艇中運走，這是他們三人所未有過的事！

穆秀珍竭力掙扎著，想使自己的四肢恢復活動，她這種竭力的掙扎，使得她全身汗出如漿！

但是，她的努力卻漸漸有了作用，她覺得自己的手指已然可以接受大腦的命令而開始移動了，漸漸地，手臂也可以抬得起來了。

當穆秀珍的手臂可以抬動之際，她用力在地上一撐，身子翻了一翻，過了五分鐘左右，她的雙腿也漸漸地可以移動了。

她用了極大的氣力，才使自己站了起來。

這時候，她雖然站直了身子，但是她感覺仍然像是飲了過量的酒一樣，天旋地轉，隨時可以跌倒，她跌跌撞撞向前走出了兩步。

由於那個船艙十分狹小，是以她走出了兩步之後，便已經來到了木蘭花的身邊，穆秀珍想扶著木蘭花站起來，可是，她自己的身子是如此之軟，是以她的一扶，非但未能扶起木蘭花，反倒令得她和木蘭花兩人一起滾跌在地上了。

當再度滾跌在地上之後，穆秀珍喘著氣，想要再撐著身子站起來，可是她卻沒有力道了，也就在這時，她聽到了高翔的聲音。

高翔的聲音十分軟弱，他在叫道：「蘭花，蘭花！」

高翔的聲音一傳入穆秀珍的耳中，她連忙抬起頭來，看到高翔正在慢慢地抬起頭來，穆秀珍怪叫道：「高翔，你醒了。」

高翔乍一聽到穆秀珍的聲音，身子陡地一震。

這一下因為驚異而發生的震動，反倒令得他的精神在剎那之間清醒了不少，他失聲道：「秀珍，是你，你怎麼也會來了？」

穆秀珍撐著身子，準備再站起來。

這時候，木蘭花也漸漸地清醒了，她緩慢地抬起頭來，同時長長地吁出了一口氣！

等到他們三個人全都精神恢復，可以如常地交談，只不過仍覺得四肢相當酸軟之時，已是半小時之後的事情了。

木蘭花在這時用中指在輕叩著艙壁，發出輕輕的「錚錚」聲，然後，她緊皺著雙眉，轉過身來，什麼話也不說。

「蘭花姐，究竟怎樣啊？」穆秀珍問。

高翔雖然沒有出聲，但是，從他焦急等待著的臉色上可以清楚地看出，他的心中正也存著同樣的疑問，在等候木蘭花的回答。

木蘭花又靜默了片刻才道：「我也不知道究竟怎樣，但我們是在一艘潛艇之中，這艘潛艇，正以相當高的速度在向前駛，這卻是可以肯定的事。」

木蘭花的話剛一停口，只聽得「砰」地一聲，艙門突然打了開來，一個衣著整齊，持著手杖的中年人突然出現在門口。

那中年人，正是王大通。

一看到王大通，木蘭花和高翔兩人未曾見過他，還不怎樣，可是穆秀珍卻仇人相見分外眼紅，她立即怪叫了起來，罵道：「老賊，原來是你！」

「別激動，你完全講錯了！」王大通揮著手，道：「第一，我不是賊，第二，我也並不老，三位，你們說是麼？」

木蘭花和穆秀珍早已在過去的半小時中，將自己的遭遇交談過了，是以穆秀珍這樣一罵，木蘭花也立時可知那人是王大通了。

當下，她冷冷一笑道：「你不但是賊，而且，實在也很老醜了！」

木蘭花這樣回答王大通，倒頗出乎高翔和穆秀珍兩人的意料之外，因為木蘭花一向不是喜歡在口舌上和別人爭勝的人！

王大通卻一點也不怒，他只是無可奈何地聳了聳肩，道：「既然連木蘭花小姐也這樣說，那我也無可奈何了，但是我卻願意告訴三位一件事。」

「什麼事？」

「三位如今正是在六百呎深的水底，且在一艘性能十分好的潛艇之中航行，這種航行雖然不怎麼自由，但也可以算是別開生面！」

木蘭花面帶笑容，向前走了幾步。

王大通立時笑道：「蘭花小姐，你不要打我的主意，我只不過是一個微不足道的小人物，你就算打死了我，也沒有用的。」

木蘭花向前走去，本來的確是想將他制住的，可是，王大通既然這樣講，木蘭花自然也不好立即下手，她只是冷笑一聲，道：「王博士，你也不必太客氣了，你是無名小卒？」

「是的，可以這樣說，因為，在一個大人物的領導之下，像我這樣的人，在全世界各地一共有兩百多個，你說，我是不是微不足道呢？」

「是麼？」木蘭花回答，「那你們是一個大組織了？」

「可以這樣說，但要三位多多幫忙。」

高翔、木蘭花和穆秀珍互望了一眼，因為他們三人在一時之間，全都不明白王大通這樣講法，是什麼意思。

「你是說——」木蘭花反問。

「三位，你們被請到這裡來，從事這一次旅行，這一切全是一位極偉大的人物策劃的結果。」

王大通一面講，一面揮著手杖，道：「蓄水湖接到的勒索信等等事件，都只不過是這些計劃中的一部分而已，沒有一件稀奇古怪的事情，是不容易引起木蘭花小姐興趣的，是不是？」

「哼！」木蘭花冷笑了一聲。

「但這個計劃在實行之際，也不是毫無阻礙的，例如蘭花小姐竟出乎我們意料之外地，懷疑起那個工程師來，這就不得不使我們將他炸死了！」

「那麼，要我們三人從事這種莫名其妙的旅行，究竟是為了什麼？」高翔向前踏出了兩步，和木蘭花並肩而立，他們一面講話，一面互使眼色。

可是王大通也十分機警，他立時後退了一步，一面急匆匆地道：「很簡單，因為那位偉大的人物久仰三位大名，想和你們談談！」

他話一講完，不等高翔和木蘭花兩人出手，便又退了半步，「砰」地一聲，將艙門關上，但是隨著「砰」地一聲，卻又傳來了「啪」地一聲響，那門上有一個小小的圓門被打了開來，那小圓門的直徑只有半呎，但是王大通的聲音，已足可以通過這個小圓門傳進來了。

只聽他道：「你們的食物將由這裡送進來，你們有什麼要求，也不妨大聲叫，抱歉得很，由於在潛艇中，你們只好屈就在這樣的一個小艙房之中，但好在艙房附有浴室。這次的旅行，大概需要七天，你們的情緒必須鎮定，否則，是很難度過這寂寞的七天的，這是我的忠告！」

他的話剛講完，穆秀珍已然行到門前，拿起一個小鐵錘，向那圓門外陡地拋了出去，但是這一拋卻未曾拋中！

他們都聽到十分清脆的「鏘」然之聲，那柄小鐵錘摔在對面的鋼牆上，又跌了下來，穆秀珍仍高聲罵道：「老賊！」

她自然不是罵了一聲便肯息怒的人，她不斷地罵著，直到木蘭花用力將她拉了回來。

「你沒有聽見麼？我們將有七天的旅程，你能連罵他七日七夜麼？」

「哼，」穆秀珍不服氣，「他說是七天，就真是七天麼？」

王大通說他們有七天的航程，當真是七天，一天也不少，在潛艇的那個狹小的艙房中，他們三人，本來是無法知道日夜的。

但是，一天三次，有人從那個小圓洞中替他們送食物來，每次，送食物的人都會告訴他們時間，是以他們才知道，的確是過了七天。

這七天之中，除了他們一直屈居在這個小艙房之中，無法自由行動之外，別的倒是沒有什麼，尤其是食物，更是出乎他們意料之外的精美。

開始幾天，他們曾經計劃過衝出去。

但一則，他們發覺到如今在一艘潛艇之中，就算真的衝出了這艙門，也沒有多大的用處；二則，這艙門十分堅固，根本無法衝得出去。

這七天之中，他們三人自然討論了這些事，但是他們卻沒法去定出一個確切的方針來，因為他們究竟將到什麼地方去，去會見什麼人，那人要會見他們，又是為什麼，他們全不知道！

所以，他們商量的結果，只有見機行事！

可怕的七天過去了，艙門再度被打開。

在艙門被打開之前，王大通通過那個小圓洞，向他們道：「三位，我們已快到目的地了，我們將離開潛艇。去會見那大人物。三位的確是被當作客人，由那位偉大的人物誠意請來的，如果三位肯合作。那麼，我想最好不要有武裝人員來解押。」

木蘭花冷冷地道：「可以的。」

艙門打開，三個人一起在王大涌的身後向外走去，穆秀珍好幾次想要動手，但是卻被木蘭花拉住了她的手，不讓她妄動。

王大通帶著他們三人，爬出了潛艇的艙蓋，來到甲板上，潛艇早已浮上了海面，在潛艇中度過七天之久，再呼吸到自然的空氣，那種舒暢，實在是難以形容的。

木蘭花首先想弄明白自己是在什麼地方，她立時抬頭向前望去。

一片藍色的海，海水藍得如此之美麗，簡直像是浮雲一樣。在遠處，大約是兩哩外，可以看到一大片連綿不絕的陸地。

潛艇是在海中心浮上來的，木蘭花的地理知識再好，也絕沒有辦法憑一塊陸地，而確定自己是在什麼地方的海域之上。

接著，她又看到了一艘速度極快的氣墊船，船的來勢，當真是快到了極點，才一出現的時候，只不過是一個小黑點，可是轉眼之間，那小黑點便迅速地擴大了。

接著，整艘氣墊船便出現在面前，而且，飛快地打了一個轉之後，幾乎是緊貼著那艘潛艇停了下來，一個人向王大通高叫了一聲。

王大通道：「他們三位請到了！」

那人笑了一笑，又向王大通作了一個手勢，氣墊船停定之後，有兩個水手將一具梯子搭了上來。王大通道：「三位請。」

木蘭花走在最前面，三人一起向前走去，上了氣墊船之後，他們都看到，那氣墊船的名字是：勒索號！

有一個水手引著他們進了氣墊船的艙中，王大通也跟在他們的後面，木蘭花轉過身來，道：「請問，我們還要到什麼地方去？」

「快了，已經過了七天的旅行，七分鐘的航行還不容易忍受麼？」王大通輕鬆地回答著，向前面的一大片陸地指了一指。

「那是什麼地方？」木蘭花裝著不經意問。

王大通機警得出乎木蘭花意料之外，他笑了笑道：「小姐，我不相信你不知道，那是陸地啊！」

穆秀珍叫了一聲道：「你這狡猾的老賊！」

她一面罵，一面陡地揚起手來，待向王大通的臉上摑去，可是，王大通卻在這時伸手向外一指，道：「你看外面！」

穆秀珍呆了一呆，向外面看去。

當她看到在艙外有兩個人，各提著手提機槍在指著艙內的時候，穆秀珍的那一掌，也自然地摑不下去了！

高翔冷冷地道：「哼，這就是所謂誠意請我們來的？」

「當然是，我完全可以以人格擔保。」

「你也有人格麼？」

「高先生，你言重了，我當然有人格的！」

王大通在講完了這句話之後，出乎他們三人意料之外，他竟然走出了艙外！

氣墊船的速度十分快，像是飛一樣地移動。

七分鐘之後，氣墊船衝上海灘，停了下來。

「出來，請。」王大通吩咐著。

木蘭花等三人走了出來，看到沙灘的後面，是極其繁茂的森林，隱約可以看到有一條路，這時，正有一輛汽車駛向海灘。

那輛車子，是極華貴的「勞斯萊司」汽車，直駛到了他們的面前，一名司機向王大通作了一個手勢，王大通立時打開了車門。

他們三個人進了車子的後座，王大通則走到了司機的身邊，車子又立時向前駛去，便已經到了那一座森林之中。

那森林十分茂密，木蘭花用心看著那些樹木，想看出那是什麼地方來。

車子在林中行駛了半小時，才到了一幢極大的屋子前，停了一停，等那扇龐大的鐵門打開之際，車子又直駛前去，到了房子的石階前才停了下來。

木蘭花等三人走了出來，在四個人和王大通不露痕跡的監視下，他們一起走進了那幢極大的房子，一進了屋子，木蘭花的心中便陡地一動！

一進門，她就看到了兩個極大的木雕藝術品。而站在那兩個木雕藝術品之旁的，則是兩個十分高大，膚色棕紅的印地安人，他們的身上，穿著用彩色羽毛編成的裙子。

木蘭花心中立即閃過了一個地名：拉丁美洲！

這種雕刻，這樣子的印地安人，這一切，都是只有拉丁美洲才有的，毫無疑問，潛艇在經過了七天的航行之後，已到拉丁美洲了！

可是，拉丁美洲的範圍是如此之大，自墨西哥起，一直到智利和阿根廷的尖端，包括了近三十個國家，和許多神秘莫測的島嶼，自己這時究竟是在拉丁美洲的哪一部分呢？

自然，這仍然是無法知道的！

木蘭花，高翔和穆秀珍三人，隨著王大通進了客廳。那客廳十分寬大，但是由於地板和牆上，都鋪滿了一種棕紅色的木條之故，是以看來十分陰森。

王大通讓他們在客廳中坐下來，自己便向一扇門走了進去。

這時，客廳中除了他們三人之外，便是那四個黑西服的人，再就是那兩個印地安人，使人疑惑他們是木頭人也似地，站著一動也不動。

木蘭花輕輕地碰了碰兩人，示意他們兩人要耐心等下去。

他們足足等了十五分鐘，才聽得一陣異樣的腳步聲傳了過來，說這腳步聲異樣，是因為它一下輕，一下重，重的時候，「托」，「托」有聲，像是用重物在用力地撞擊著地板一樣。

穆秀珍忍不住問道：「蘭花姐，這，是怎麼一回事？」

「一個裝有木腿的人。」木蘭花鎮定地回答。

木蘭花這一句話才出口，腳步聲已到了門前。

他們三人一起抬頭向門口看去，只見在門口，站著一個樣子怪到了極點的怪人，那人的身形極高，總在六呎半以上。

他穿著一套西服，這套西服，一望便知道是極其名貴的貨色。但是，第一流的西服裁剪師，也沒有法子用西服來改善他的怪相。

他的左腿一定是齊股斷去的，而且，一定正如木蘭花所料的那樣，他是裝了一條假腿，因為他的左半邊身子，呈現一種異常的僵硬，而且，他的身子向右微側，以致看來他的身子像是隨時可以向右傾倒下來一樣，更增異相。

那是因為他的臉上已滿是疤痕的緣故。

他臉上究竟有多少傷痕，也是難以數得清的，但只要從他的兩道眉毛來看，就可以看出傷痕之多了。

奇怪的是，他的雙眼和鼻子居然能保留了下來，從他的雙眼炯炯有神，以及他鼻子的高挺來看，在他的臉上未有那麼多的傷痕，和他的腿未曾斷去之際，他一定是一個出人頭地的偉男子。

當他走進來之後，王大通跟在後面，他高聲道：「三位，這位便是——」

王大通的樣子本來也是十分神氣的，可是這時，不知怎地，他竟像是一個小丑一樣，那怪男子雖然醜極，但是卻另有一股氣勢，王大通講了一半，他一揚手，便令得王大通也講不下去。

那怪漢子又向前走出了兩步，然後，以十分標準的英語，道：「歡迎，歡迎三位前來！」

木蘭花等三人仍然坐在沙發上。

木蘭花冷冷地回答道：「你是什麼人？」

那怪漢子已經伸出了他的手來，他當然是準備和木蘭花等三人握手的。可是三人根本不去理睬他，甚至也不站起來，這使得他窘了一下，而且，他的心中顯然大有怒意，因為他臉上的幾個疤痕曾因此而發紅。

他慢慢地放下手，又走前了一步，也在沙發上坐了下來，這時，他是面對著三人的，他和三人間的距離大約八呎。

他坐下了之後，才道：「我是一名阿拉伯人，從小在英國受教育，以前曾是一個著名的探險家，現在我創設了一個組織，是專以勒索來謀財的。」

他講到這裡，頓了一頓，才又道：「你們可以叫我孤先生，這樣的自我介紹，可令你們三位感到明白和滿意麼？」

在他講話的時候，穆秀珍只是不耐煩地移動著身子，但是，高翔和木蘭花卻同時以敏銳的目光在打量著孤先生。

等到孤先生講完，他們兩人互換了一個眼色。

他們雖然沒有講話，但是他們都知道，自己在這短短的兩分鐘內，對孤先生的印象是一樣的。

毫無疑問，孤先生是一個極有學問，受過高等教育的人，而且，他的聲音之中，充滿了過分誇張的自信，可知他是個野心極大的人。

他既然聲稱已創設了一個以勒索為主的組織，那麼可以相信，這個組織一定是一個世界性的大規模犯罪組織了。

木蘭花緩緩地道：「已經足夠了，孤先生，我們不明白的是，你用這樣卑鄙的手段，將我們綁架到這裡來的目的是什麼？」

「卑鄙的手段？」孤先生似乎覺得十分驚愕，「綁架？小姐，這是什麼意思，我本人實在不明白，可以請你解釋麼？」

「哼，」木蘭花冷笑了一聲，「你可以問王博士。」

「王博士。」孤先生轉過身去，叫了一聲。

他只不過是叫了一聲，可是王大通的身子卻劇烈地發起抖來，他幾乎不能向前走來，而他的臉色，也變成了死灰色。

當他來到孤先生面前的時候，他簡直已和一個死人差不多，他勉強鎮定心神，道：「當我接到了指令，我……知道他們三位，是不會肯應邀前來的，所以——」

孤先生揚了揚手，道：「你可曾將我的請柬送去？」

「沒……沒有。」王大通汗流滿額。

「說下去！」

「他們三位，是專和我們這樣性質的組織為難作對的，我……我想他們不會肯接受邀請，所以我和部下商議，我們……設下了一條很好的計策，引他們來偵查我們，然後，我們……就用麻醉藥令他們昏迷，這……才順利將他們三位請來的……孤先生。」

王大通這時候那種駭然欲絕的樣子，連得木蘭花、高翔和穆秀珍三人，也代他不好過起來，都希望別提這件事了。

可是，看孤先生的樣子，顯然不肯就此干休！

7 活性毒藥

他發出了幾下冷笑，道：「你可知道你犯了幾件錯誤？」

「孤先生，」王大通哀叫了起來，「我為了完成任務，不得不這樣，孤先生，我已將他們三人請來了，不是麼？這任務太難完成，我已完成了！」

孤先生的面上仍然是板著，毫不動容，他等王大通講完，才道：「你犯了三個不可饒恕的錯誤，第一，不執行我的命令；第二，擅作主張；第三，你竟然得罪了我亟欲相見的三位貴賓——」

他講到這裡，突然高叫了兩聲，像是在叫人。

正在木蘭花他們不知道孤先生這樣高叫一聲是什麼意思間，那兩名印地安人已然大踏步地向前走了過來，來到孤先生的前面，由此可見，剛才的高叫聲，便是在叫喚他們。

一見到那兩個印地安人，王大通整個人像是軟了一樣，「撲」地跪了下來，叫道：「孤先生，不要處罰我，不要處罰我！」

孤先生卻冷冷地道：「我判你在紅樹上被綁三日，然後，用一隻毒蜘蛛去取你的性命！」

他接著又抬起頭，用木蘭花等三人所聽不懂的語言，向那兩個印地安人講了幾句話，那兩個印地安人一伸手，一邊一個，已將王大通挾了起來。

王大通的聲音，在剎那之間變得淒厲之極，他叫道：「不要紅樹，不要將我綁在紅樹上，現在就用毒蜘蛛咬死我！」

可是他的叫嚷一點也不起作用，那兩個印地安人將他挾著拖了出去，拖出了很遠，已離開了屋子，還可以聽到他淒厲的叫聲。

木蘭花、高翔，都緊蹙著雙眉，穆秀珍忍不住問道：「喂，紅樹是什麼玩意兒？何以他寧願立刻死？紅樹可是吃人的樹麼？」

「不是，穆小姐，將人活生生地被吃人樹消化掉，也是我們組織處罰犯錯誤的人的方法之一，但是他的罪太重了，所以要被梆在紅樹上三日。」

「那麼紅樹究竟是什麼？」

「是一種會分泌出異樣毒汁的樹，你們該知道，在海地，有著世界上最神秘的一切，這種樹，是任何地方所沒有的——」孤先生講到這裡，略停了一停。

穆秀珍由於心急想知道紅樹究竟是怎麼一回事，所以並沒有去注意別的無關緊要的話，但是高翔和木蘭花卻都聽到了他講話時，提到了「在海地」這三個字。

海地是西印度群島之一，海地是一個島的總稱，這個島的面積，雖然只有兩萬八千平方里，但是它卻有兩個國家，東部是聖多明各共和國，西半部則是海地共和國。

海地的確是一個極其神秘的地方，它的中部山嶺、森林地帶，可以說是從來也未曾有人到過的，在海地，巫教盛行，有著種種不可思議的怪事。

孤先生的話中，既然提到了海地，那麼，如今他們是在海地島上？

只不過令得木蘭花心中奇怪的是，海地島上的土人大多數是黑人，固然也有印地安人，但是卻不多，而且大多數是在深山叢林中的野蠻部落。然而，剛才那兩個土人，卻是印地安人。那麼，他們如今是在海地島的哪一部分呢？

木蘭花趁孤先生略頓了一頓之際，立即反問道：「海地？你說我們已經從東半球來到了西半球？現在是在海地島上？」

「是的，該死的王大通竟未曾告訴你們麼？」

「沒有，我們一直不知道。」

「太該死了，這傢伙應該在紅樹上綁上七天！」

「行了，」穆秀珍實在忍不住了，「紅樹究竟是什麼？」

「那種樹分泌出來的毒液，在碰上了人體之後，會發生極難忍受的痛癢，是以，當一個人被綁在紅樹上之後，他——」

孤先生還沒有講完，穆秀珍便已有全身發癢的感覺，尖叫道：「別說了！」她陡地站起來道：「這人雖然可惡，但也不應該受這樣殘忍的處置！」

孤先生略抬起頭來，道：「你可是在代他說情麼？」

「是的。」穆秀珍大聲回答。

孤先生轉過頭去，立即有一個黑衣人走近，孤先生只冷冷地講了四個字，道：「立時處死！」

「是！」那黑衣人應了一聲，匆匆走了出去。

孤先生搓了搓手，道：「好了，三位，我們之間的誤會可以說不存在了，三位對我的指責，全是王大通犯了錯誤的緣故。」

高翔道：「那麼，你仍然未曾講明你請我們來的用意！」

孤先生站了起來，來回踱了幾步，才道：「這件事，說來話長，我先請你們三位去看一點東西，我是絕對誠意的，請！」

他向著一扇門，伸了伸手。

高翔三人互望了一眼，點了點頭，那表示他們三個人都同意進去看看孤先生要給他們看的東西。

事實上，這時候他們三人的好奇心也已到了極點，他們都想弄清楚，孤先生究竟是什麼樣的人，而且，請他們轉過半個地球，究竟是為了什麼。

從那扇門走進去，是一條走廊。

他們走過了那條走廊，來到兩扇極大的橡木門面前，孤先生踏前一步，拉開了這兩扇門，裡面是一間十分寬大的房間。

這間大房間的天花板全部是玻璃的，陽光可以直接射進來，是以光線極其明亮，而這間房間之奇，也可以說是世界上獨一無二的了。

房間的左角落，是一個十分完整的實驗室，有著各種儀器，而且，還有一具相當巨型的電子顯微鏡。但是在另一個角落，則種滿了植物。

植物小的，是種在杯子中，大的，直接種在地上，高達丈許。

而在兩面的角落中，則是許多大大小小的籠子，養著許多東西。

而當人向那些養著的東西一看，卻令人禁不住噁心，那是蜿蜒游動的響尾蛇，五色斑斕的毒蜥蜴，可怕的，長著長毫的毒蜘蛛，以及其他許多叫不出名堂來，但是一看便知道是劇毒的昆蟲和毒蛇！

孤先生繼續在向前走去，但是他們三人卻在門口停了下來，從那些動物來推測，那些植物當然也全是有毒的了。

這間看來明亮、寬大的房間，竟充滿了毒物！

在這樣的情形下，是任何人都會止步的！

孤先生向前走出了幾步，顯然已發覺他們並沒有跟進來，是以停了一停，道：「三位不必擔心，這裡的一切雖然毒，只要你不去碰它們，它們也是不會害人的，你們看，這個毒菌，多麼美麗？」

他拿起一個盆，盆中長著一隻拳頭大小，紅、黃交錯，半圓形的毒菌，那毒菌的紅色和黃色，實是鮮艷到了極點！

孤先生將盆子遞到了三人的面前，道：「這種毒菌，即使在海地也是十分稀少的，土人稱它為惡魔的化身，這毒菌放在水中煮，煮出來的水，足可使十幾個人死亡。」

「你弄了那麼多的毒物在這裡做什麼？」穆秀珍問：「日日和這些毒物為伍，不覺得害怕麼？」

「穆小姐，我認為世上最毒的東西，不是別的，正是人，人的心最毒，穆小姐，你日日和別人在一起，你害怕麼？」

穆秀珍呆了一呆，她實是未曾想到，孤先生這種人，居然對這個問題會給以她一個如此意味深長，值得體會的回答。

「而且，」孤先生繼續說著：「我對這一切有興趣，我是一個毒物專家，研究毒物，這本來是我最有興趣的一件事情！」

木蘭花突然沉聲道：「孤先生，我可以問你一個問題麼？」

「講！」

「十年之前，美洲毒蛇研究中心會的會長，是一個——」

木蘭花的問題，還沒有完全問出來，可是孤先生的身子便突然一震，他這一震，是震得如此之劇烈，以至他手中的花盆落了下來。

那花盆落在地上，「啪」地打碎，這個顏色鮮艷之極的毒菌，也向外滾了出來，滾到穆秀珍的旁邊，穆秀珍尖叫了起來。

「對不起，對不起，」孤先生連忙道：「請跨過它，來，我還有一點東西，是要給三位觀看的，來，請走過來，別踏到它。」

他竟不讓木蘭花再將她的問題問下去。

但木蘭花也不再說什麼，只是依言向前，走了出去，在實驗室範圍內的一組沙發上坐了下來。

孤先生又道：「我在研究各種有毒的動植物的過程中發現了一點，那便是，不論是動物或是植物毒素的基本細胞結構，都是一樣的。」

穆秀珍又想發問，但木蘭花卻示意她別出聲。

「經過八年的研究，」孤先生繼續說著，「我已成功地掌握了這種細胞的繁殖方法，也就是說，我發明了活性毒藥！」他望了三人一眼，「或者，活性毒藥這個名詞以前沒有任何人提出來過，你們聽來，可能不怎麼瞭解，但這實在是很容易明白的。我用一種特殊的方法，使毒細胞在得不到水分的情形下不能繁殖，但當被壓制的毒素細胞一遇到水的時候，它便以每秒十六倍的速度，進行幾何級數地增加，所以，只要——」

「只要十分之一克，就可以使一億加侖的水變成有毒，是不是？」高翔不待他講完，就接了上去。

「高先生講得對，這種毒藥，使我們的勒索工作有了名目，在任何蓄水湖中，我們只要投下極少量的活性毒藥，湖水就變成有毒了，而且，整個蓄水湖的工程，必然棄置不能再用，因為即使把水放清，但只要還有一滴水在，再放水進去，毒性細胞的繁殖，仍可以使湖水在短時間內變得有毒的。」

木蘭花冷冷地道：「你講得對，最毒的是人的心！」

孤先生站了起來，轉過身去，道：「或者我的心還不夠毒，如果我的心夠毒的話，或許，我也不用請你們三位前來了。」

三人都不出聲，因為他們知道，孤先生快要講到正題了。

對於那種毒藥，他們三人可以說不感到新奇，因為他們早已知道有這種毒藥存在了。他們真正感到興趣的是，孤先生將他們請來，究竟是為了什麼！

孤先生停了一會後，又轉回身來，道：「你們當然知道我是如何進行勒索的了，我勒索的數目不很多，因為我可以勒索的對象太多了。可是，到如今為止，我勒索工作進行得不怎麼順利，真正將款項交出來的城市，不到百分之二！」

孤先生苦笑了一下，道：「老實說，維持我這個組織的龐大的費用，若是只有這百分之二的收入，那是絕對不夠的，我或許應該真的將毒物投入到某一個城市的蓄水湖中，造成大量的死亡，那麼，我以後的勒索工作進行起來，便會順利得多了！」

木蘭花等三人，都不禁打了一個寒噤！

的確，如果他那樣做的話，那麼，就算他要的代價再高，只要是低過再造一個蓄水湖的工程費的話，只怕他都可以得手的！

這可以說是一個世界性的大危險！

木蘭花想講些什麼，可是在如今這樣的情形下，她實是不知道講些什麼才好，是以她動動嘴唇，並沒有發出聲音來。

「可是直到如今為止，我還沒有這樣做！」

「直到如今為止，你還未曾講出來，你要見我們，究竟是為了什麼！」穆秀珍霍地站了起來，氣呼呼地向他喝問著。

「我就快要講到了，我雖然一直在這裡進行研究工作，但是我的組織在近年來卻擴展得相當快，世界各地發生的事情，我全都知道，所以，關於三位——『東方三俠』的大名，我也是不止一次地聽到，三位的才能，使我感到極度的欽佩和敬仰。」

他講到這裡，向木蘭花望了一眼，又道：「我的欽佩看來是值得的，木蘭花小姐，剛才你不曾問完的問題，已證明你是一個極聰明的人！」

木蘭花道：「你也是，孤先生。」

孤先生這時這樣講法，等於是間接地在回答木蘭花剛才的那個問題一樣。可是，事實上，木蘭花剛才的那個問題，只問到一半便被打斷，而孤先生居然能夠猜到木蘭花想問的究竟是什麼，那麼不用說，他自然也是一個極聰明的人了。

孤先生欠了欠身，道：「謝謝你的稱讚，我想，我的意思三位應該已明白了，我是想請三位作環球的旅行，在每一個城市，向該市的政府去施加壓力，使我能夠順利地得到款項！」

不等木蘭花阻止，穆秀珍已然怪叫了起來，道：「你在放什麼屁？你以為我們三個人，會去從事這種卑鄙的勾當麼？」

可是，孤先生卻像是根本未曾聽到她的辱罵一樣，仍自顧地道：「每一個城市，在付繳了款項之後，便絕不再受勒索，而你們三人，可以平分十分之一的收入，我必須提醒你們，即使是十分之一，當你們的環球旅行完成之際，也是一筆極其可觀的數字了。」

穆秀珍又待破口大罵，但是木蘭花這次卻及時阻止了她，木蘭花站了起來，道：「孤先生，如果你真是誠心誠意請我們來，那麼，請你立即送我們回去。」

孤先生呆了一呆，他揚起了手來，道：「你還沒有時間來考慮我的提議過。」

木蘭花凜然道：「這是一個根本不必考慮的問題。」

孤先生嘆了一口氣道：「那我表示很遺憾。」

「你這是什麼意思？是不準備送我們回去？」

「不，不，恰恰相反，我可以立即送你們回去，但是我不得不提醒你們，如果我得不到你們三位的幫助，那麼，逼不得已，我就只好先在某一個城市的蓄水池中下毒了，我想，三位一定已知道，我心中決定的，是哪一個城市了吧！」

高翔怒道：「你竟用這種卑鄙的——」

孤先生立即接了上去，道：「勒索手段，是不是？這可以說是對你們的一種勒索，別忘記，我是世界上最大的勒索組織的創始人！」

他居然笑了笑，露出了他一口堅強而潔白的牙齒，這一口閃耀著白光的牙齒，配著他那張滿是傷痕的臉，使他看來像是一頭野獸。

他們之間，沉靜了片刻，還是孤先生開口，道：「我想，這個問題多少是值得考慮一下的了，木蘭花小姐，對不對？」

木蘭花的聲音十分低沉，她道：「對的。」

「那麼，好，我將以三天時間給各位考慮，」他一面講，一面向外面走去，「在這三天之內，三位就是我的嘉賓，你們在這裡，完全可以自由行動，只是由於海地是一個極神秘的地方，而且，這幢屋子，又是建在著名的有毒樹木的森林中，所以我勸各位最好不要亂走，同時，就算三位能夠通過樹林，到達海邊，也是沒有用的，這裡絕不會有船隻來，而且，這裡的沿海一帶，是著名凶惡的虎鯊出沒的地點。」

他講到這裡，已到了門口。

在門口，他停了一停，又道：「我知道，以三位的能力而論，即使現在手無寸鐵，但是要毀滅這裡的一切，也是可以做得到的。但是，三位如果這樣做了，那麼，全世界百分之九十的人，將沒有水可喝了，我會命令我在各地的部下，一起將活性毒藥投入所有的水源之中！」

他腳步沉重地向外走了開去，留下了木蘭花等三人在那間房間中。木蘭花向高翔和穆秀珍兩人做了一個手勢，也走了出去。

他們才走出了那間房間，便看到一男一女，兩個黑人向他們鞠躬，道：「三位，我們能為你們做任何事情，三位儘管吩咐好了。」

「請帶我們到你主人替我們準備的房間去。」

「是。」

那兩個黑人在前面走著，不一會，便將他們帶到了一間陳設得十分華麗的房間之中，那兩個黑人又道：「這是兩位小姐的房間，那位先生的房間在隔壁。」

「行了，」木蘭花揮手，「你們去吧！」

那兩個黑人，又深深地鞠著躬，走了出去。

木蘭花先將門關上，高翔則已在檢查著這房間，看看可有隱藏著的偷聽器，或是裝得十分巧妙，不易發覺的電視攝像管。

可是，木蘭花關好了門，立即道：「高翔，我看你不必浪費時間，這裡是不會有偷聽器等等東西的，孤先生不會用這種東西的。」

「為什麼？」

「因為他還不能算是一個真正的匪黨首領。」

「蘭花姐，你這樣講，是什麼意思。」

「我是說，他和我們以前所接觸過的那些非法組織的首腦人物截然不同，這也正是最棘手的事情，我簡直想不出用什麼方法來對付他，因為他絕不對我們使用武力，他甚至可以立時送我們回去！」木蘭花講到這裡，又忍不住嘆了一口氣。

高翔和穆秀珍兩人從來也沒有看到過木蘭花連連嘆息，受到過這樣的困擾，他們自然更想不出有什麼對付的方法來。

木蘭花在講了這番話之後，不再說什麼，只是來回踱著步，而高翔和穆秀珍則都以焦急的眼光，望著木蘭花。

好一會，木蘭花才開了口。但是，她講的話，卻令得他們兩人都感到十分失望。

她道：「明天再說吧，你看，天色已漸漸黑下來，我們都應該好好地睡覺了，在疲倦的時候，思想遲鈍，是想不出什麼來的。」

高翔並不表示異議，他退了出來，進入了他的房間，房間的陳設同樣華麗，他在洗了一個冷水浴之後，倒頭便睡。

到了半夜時分，他被一種恐怖的聲音所驚醒過來！

那種聲音，聽來像是有幾百人在被烈火活生生地焚烤時所發出來的慘呼聲一樣！

高翔是被那種恐怖的呼叫聲，驚得自床上直跳了起來的！

可是，當他跳了起來之後，那種將他由睡夢中驚醒的聲音卻已消失了。

四周圍是如此平靜，而且一點聲音也沒有，這種情形，使高翔疑心剛才那種恐怖的聲音實際上並沒有發生過，而只是他在夢中聽到的。

但是，在夢中聽到的聲音，會如此真切麼？

他略呆了一呆，來到了窗邊，拉開窗簾，向外看去。

外面是一片黑暗，簡直什麼也看不到，高翔呆了一呆，他的一枚戒指上突然發出了輕微的「滋滋」聲，高翔連忙按下了一個小小的掣鈕。

木蘭花的聲音從那枚戒指中傳了出來：「高翔，聽到剛才那怪聲了麼？」

「聽到了，我以為做夢呢，那是什麼聲音？」

「別緊張，那可能是森林中的土人在從事一種什麼儀式，我想那種怪聲是一種特殊的樂器所發出來的——你聽，現在又有點鼓聲了。」

高翔仔細側耳聽去，果然聽到了一下又一下沉緩的鼓聲緩緩地傳來了過來。

經過木蘭花一解釋，高翔的確不再那樣緊張了。

但是他仍低聲問道：「蘭花，我們怎麼辦？你可有什麼打算？」

木蘭花的回答，卻是出乎他的意料之外，木蘭花道：「你急什麼，我們不是有三天的期限麼？一切等到三天之後再講好了。」

高翔還想說什麼時，戒指中傳來極其輕微的「啪」地一聲，顯然是木蘭花不願再講下去了。

高翔自然也可以主動地找木蘭花通話的，只要在三里之內，而無線電波又不受到阻礙的話，他們手上的微小無線電對講機，就可以通話的。

但是高翔卻也沒有再說什麼。

他來到了床邊，躺了下來。

8 孤克博士

外面除了那一下又一下的鼓聲之外，靜到了極點，高翔睜大了眼睛，一點睡意也沒有。過了十分鐘，他突然欠身坐了起來。

他突然感到，自己在這裡耽下去，在三天之內，一定是想不出什麼對付孤先生的方法來的，因為孤先生完全佔了上風！

孤先生甚至不怕被害（看來他也不想保護自己），他已揚言，如果他被殺害，那麼他的部下一定會使世界上大部分的食水變成有毒！到那時候，世界上的混亂實在是可想而知的了。

高翔不知木蘭花有什麼打算，但他覺得自己至少應該去偵察一下孤先生的行動，使得自己可以找到對付他的法子。

高翔一想到這裡，更加睡不著了，他輕輕地走了起來，來到了門旁，小心地旋轉著門鈕，將門推開了一吋，向外望去。

外面十分靜，燈光昏暗，一個人也沒有。

高翔並不知道孤先生睡在那一間房間中，但是他卻知道孤先生一定是在這間屋子中，對高翔而言，要在屋中找一個人，那實在不是難事。

他出了房間，向前慢慢地走著，先來到了那個大客廳中，然後，他走進了當他們剛到達時，孤先生走出來的那扇門中。

他進了那扇門之後，立時背靠門而立。

門內，是另一條走廊，他這時所站的地方，光線十分黑暗，使他的身子幾乎完全隱沒在黑暗之中，但是在前面十五呎處，卻有一盞燈亮著。

那盞燈是在另一扇木門之前的，而在那扇木門前，有一個印地安人，正像是塑像一樣地站著，一動也不動。

那印地安人穿著彩色羽毛編成的裙子，上身赤裸，肌肉盤虯，使人一眼就可以看出，這是一個力大無窮的大力士！

高翔屏住了氣，等著，他足足等了五分鐘之久，那印地安人才轉了一轉身子，高翔連忙趁機貼著牆，前進了三呎。

然而，那印地安人立時回復了原來的姿勢，高翔不得不站定身子，他心中苦笑了一下，因為如果他要依靠那印地安人轉身調整姿勢的空隙前進的話，只怕到天亮，也是不能進那扇門的了。

而且，這時他因為在陰暗之中，所以那印地安人才未曾發現他的。如果他再向前去，到達了燈光的照射範圍，除非他會隱身法，否則，他是萬萬沒有可能再不被那印地安人發覺的！

他要想前去，必須另想辦法。

高翔慢慢地抬起右腳來，右手再向下伸去，去接近右腳的腳跟，幸而這時他背靠牆而立，否則在這樣的姿勢下，他一定是無法站穩的。

他的手指慢慢地推開了鞋跟，取出了一支如同醫生用的注射筒相似的東西來，然後又推上了鞋跟站好，他的動作異常小心，一點聲音也沒有。

他將那東西拿在手中，心中不禁感到十分好笑。

用為那東西，是一個小型吹筒，將之放在口中用力一吹，便會有一枚染有強烈麻醉劑的毒針、向前疾飛出去。

毒針的射程是十五呎，那印地安人這時正在射程之中。高翔此時心中之所以會覺得好笑，是因為印地安人本來是吹筒的發明人，而他現今卻要用印地安人最拿手的武器來對付印地安人，這的確是一件十分可笑的事情。

他將那吹筒含在口中，瞄準了那印地安人古銅色的，肌肉結實的胸口，猛地一鼓氣，「嗤」地一聲，向前疾吹了出去。

一枚細小的毒針，立時以極高的速度向前射出。

當高翔吹出了那一口氣之際，所發出的「嗤」一聲響雖然輕微，可是已足夠引起那印地安人的注意了，他立時抬起頭來。

但是，當他抬起頭來之後，那枚小針已經射中了他的胸口了，他立時又低頭向他自己的胸口望去，同時，伸手去拔那枚小針。

可是，小針一射中，強烈的麻醉劑便已進入血液的循環，四下擴散，迅速地發生了抑制神經活動的作用。

那印地安人的手還未碰到胸前的小針，身子便已開始晃動起來。那印地安人的體重至少達兩百五十磅，如果他砰然跌在地上，所發出的聲音，一定是十分驚人的，是以高翔連忙一連幾下，向前竄了出去，在那印地安人還未倒地之前將之扶住。

那時候，麻醉藥的作用，已經完全發揮了，是以那印地安人絲毫也沒有反抗。高翔扶著他的身子，將他輕輕放了下來，使得他躺在地上。

也就在高翔蹲下身子來，將那印地安人平放在地上之際，他才發現那扇門內的房間是還亮著燈的，因為那燈光從房門下面透了出來。

高翔一看到房門縫中有燈光透出，他的心中不禁十分躊躇，因為他是假定孤先生正是在那扇門內的，如今這樣的情形，表示他還未曾睡著。

本來，高翔是想前來窺伺孤先生的行動的，孤先生未曾睡，應該正合他的心意才是。可是，問題在於他有什麼辦法，可以推門而入，而又不讓孤先生知道呢？除非孤先生不在房間之內，否則，可以說是一點辦法也沒有的。

高翔在門外呆立了片刻，仍然沒有主意。

他曾想到過要繞到屋子外面去，從窗口窺伺。但是，這扇房門是在走廊的盡頭，要繞出屋子去，才能到達那間的窗前，高翔知道，那是十分費手腳的一件事。

所以，在想了一會之後，他貼地伏了下來，從門縫中間向內望去，他只能看到離地一吋情形，那像是一間臥房。

而且，當他的一隻耳朵貼在地上之後，他也可以聽出，房間內正有沉緩的腳步聲傳了出來，而那種輕重不勻的腳步聲，毫無疑問是屬於孤先生的。

高翔希望孤先生會踱到門前來，那麼，他可以利用小吹筒吹出毒針，毒針只要射中孤先生的足跟，也可以令他中毒的！

可是，孤先生似乎沒有向門走近來的意思。

高翔等了許久，足有半小時之久，正在幾乎已想放棄的時候，孤先生來了，孤先生向門口走近來了，高翔連忙將吹筒向口中含去。

可是，也就在那一剎那間，令得高翔意想不到的事情發生了，孤先生一來到門前，那門立即發出了「卡」地一聲，向外推來。

一般的房間，總是向房內拉的，可是那扇門卻是向外推來的，高翔正貼著門站著，門向外推來，「砰」地一聲，重重地撞在他的頭上！

高翔連忙向外一滾，滾了開去，忍住了頭上的疼痛，一躍而起。

他的反應雖然快，可是當他站直了身子之後，看到孤先生已經在他的面前，正以一種十分不屑的神情和眼光望著他的時候，高翔心中的尷尬，實在也是可想而知的了。

孤先生對高翔會在他門外這一點，顯然也有點意外，他也驚呆了好一會，才冷笑地道：「高先生，你在找什麼東西麼？」

高翔唔唔地望著，他實在不知怎麼回答才好。

「高先生，」孤先生又冷然道：「你大可不必這樣的，我這裡可以說是不設防的，這個人並不是守衛，只不過是準備隨時應我之請去做事的而已，你可以輕而易舉地將我制住——並不是說我沒有反抗的力量，而是在熱帶原始森林中，和幾乎所有毒蛇猛獸搏鬥了十年之後，我對於人，已沒有反抗的能力了。」

高翔只得帶著苦笑地站著。

「現在，你準備怎樣？」孤先生問。

「我，」高翔覺得這樣一直不出聲，也不是辦法，是以他回答：「我想來對你說，我們其實是根本不必考慮的。」

「我既然已說三天之後再談這個問題，你何必這樣心急？」孤先生一面說，一面已轉過身，向房間內走了進去。

高翔見他轉過身去，鬆了一口氣，他趁機去打量那間房間，那的確是一間臥室，整間臥室中，最觸目的是一張極大的相片。

那張相片足足有兩呎乘四呎大，掛在床頭。

照片中是一個美人兒，那的確是一個美人，任何人看到了都會毫不猶豫地那樣說的，高翔還想再看清楚些時，「砰」地一聲，門已關上了。

高翔覺得十分沒趣，他回到了自己的房間，正當他準備推門而入時，木蘭花的房門忽然打開，穆秀珍探出了頭來，低聲道：「喂！」

高翔忙道：「你還沒有睡？」

「沒有，快來，蘭花姐叫你！」

高翔連忙向她們的房間走去，穆秀珍一等高翔走了進來，便關上了房間，扮了一個鬼臉，笑道：「高翔，剛才為什麼像做錯了事的學生一樣？」

高翔陡地一呆，但是他立即明白了，他忙道：「原來你們也出去了？怎麼我一直不知道？蘭花，剛才的情形，你也看到了麼？」

木蘭花微笑著，點了點頭。

穆秀珍伸手向高翔的鼻尖一指，道：「都是你，壞了事，要不然，我和蘭花姐兩人，嘿嘿，可有很多事可以做了！」

「秀珍，別胡說！」木蘭花連忙阻止她再說下去。

「秀珍，」高翔也笑了起來，「你以為我會引咎自責的話，那你可大錯而特錯了，就算不是我，你們也沒有什麼事情可做的！」

木蘭花揚了揚手，本來，穆秀珍還要開口的，但是一見木蘭花揚手，她立時不出聲了。

木蘭花沉聲道：「高翔，你做得很好，剛才，你看到了孤先生臥室，我也看到了，我的一項懷疑，在看到了孤先生的臥室之後，已徹底地解決了。」

高翔不禁莫名其妙。剛才，看到孤先生臥室中情形的時候，他是站在房門口的，木蘭花當然是站在走廊那一端的門前，連木蘭花也看到可以解釋她心中疑問的東西，他一定也看到了，但是他卻沒有什麼印象。

木蘭花望了他片刻，才道：「那幅相片。」

「是的，相片是一個美人兒。」

「不錯，那是他的妻子，是被他親手扼死的，因為那美人有了新的戀人，他很愛的妻子，所以他雖然親手殺死了他的妻子，卻還將他妻子的相片放得那麼大，掛在床頭！」

木蘭花講到這裡，停了下來。

高翔和穆秀珍兩人全都以充滿了懷疑的目光望定了她，穆秀珍忍不住道：「蘭花姐，你不去寫小說，實在是可惜了。」

高翔也道：「蘭花，你的想像力未免……」

「未免太豐富了些，是不是？」

「是的，你憑什麼這樣講？」

「我注意過一切犯罪案件，一切稀奇古怪的新聞，那是我從小的嗜好，當秀珍和小朋友還在玩遊戲的時候，我已經有我自己『資料室』了，我剪存一切有關這方面的資料，當然，我也清楚地記得，十年之前，南美洲毒蛇研究中心主任孤克博士，謀殺他的妻子文妮之後，神秘失蹤的那件事！」

高翔和穆秀珍兩人，深深地吸了一口氣。

他們兩人臉上懷疑的神色已不再存在了，而代之以十分欽佩的神色。

「我一見到他，就想起孤克博士，因為在新聞圖片中，孤克博士便是這樣一個高大軒昂的人，他如今自然已變得誰也認他不出了，可是當我問及孤克博士的時候，他陡地震了一震，你記不記得？」木蘭花娓娓地敘述著，高翔和秀珍連連點頭。

「等到看到了那張相片之後，他的身分再明白也沒有了，因為他的妻子是如此之美麗，給我當時之印象，是極其深刻的。」

高翔吸了一口氣，道：「你分析得十分對，蘭花，他的身分已弄清楚了，可是，我看不出這對我們目前的處境有什麼好處。」

木蘭花不再講話，她只是背負著雙手，在房間中來回地踱著步。

穆秀珍不耐煩起來，道：「這傢伙，他殺了老婆，心中一定十分害怕，我們去直斥其非，只怕他就會害怕我們了。」

高翔低聲道：「秀珍，蘭花正在想辦法，你別打擾！」

穆秀珍不服氣，一瞪眼，道：「我不是在想辦法麼？」

高翔知道穆秀珍的脾氣，若是和她爭下去，只怕爭到天亮也沒有完，是以連忙道：「是我說錯了，秀珍小姐，你可千萬別生氣。」

高翔這樣一說，穆秀珍反倒笑了起來。

木蘭花也在這時停止了踱步，道：「我們落在匪徒的手中，再從匪巢中逃出去，也不止一次了，可是這一次，情形卻和以往大不相同。」

高翔道：「是的，我們雖然身在匪巢，可是，這裡卻沒有任何防衛，也沒有監視，然而我們卻也沒有法子逃得出去！」

「麻煩就在這裡！」穆秀珍也講了一句。

木蘭花嘆息了一聲，道：「孤先生這人，是十分不正常的，他當年在殺死了他的妻子之後，便立即逃亡，來到了這裡，這十年來，他一直隱居這裡，我相信，他甚至未曾離開過這裡一步！」

「這不可能吧，他在這裡建立了這樣完美的實驗室，而且在世界各地，都建立了他這個勒索組織的支部，他怎可能未曾離開這裡？」

「這些事，都可以由一個得力的助手代辦的，據我進一步的估計，幫他建立了如今這樣局面的那個人，可能已死了。」

高翔和穆秀珍兩人，都沒有再提出疑問。

因為他們知道，木蘭花既然這樣講法，那一定是有根據的，而且，她也會立即解釋她這樣構想的根據，實在是用不著問的。

果然，木蘭花又道：「你們想，如果他肯離開這裡，為什麼他不自己來見我們，也不派助手來，卻要我們前來呢？」

高翔和穆秀珍兩人點頭，表示同意。

木蘭花繼續道：「這一切，一定是最近兩三年的事，我相信他當年逃到了海地之後，一直是在叢林之中，過著和文明隔絕的生活的，所以，他才會失去了一條腿，和在身上添了這許多傷痕，同時，也使得他的心理變得更孤僻，更不正常。」

木蘭花講到這裡，笑了一下，道：「我講了這許多話，你們一定以為我言不及義了，是不是？為什麼在如今這樣的情形下去分析他的心理狀態呢？」

「是哪，為什麼呢？」秀珍問。

「那是因為這種分析，可能導致一個結論，也可以說是一個可能，那便是，他在逃亡之後，不是根本沒有機會知道被他謀殺的人結果怎樣，便是他故意去逃避知道他親手製造的謀殺的結果，也就是說，如果這時候，他的妻子突然出現在他的面前，他會以為自己當年並沒有殺死她！」

「可是，他的妻子的確已經死了啊！」

「是的，已死了十年了，但是，他是不知道的，如果他知道了他根本未曾殺人，那麼他心中的乖戾之氣便會消失，他進一步的犯罪意念或者也會打消的。」

「你說得很有理，」高翔接上了口，「可是，要使他憑空相信他的妻子根本沒有死，這件事情，只怕沒有什麼可能。」

木蘭花又來回踱了幾步，道：「明天，我將有一個提議向他提出，我必須向他請求離開這裡半個月，而你們兩人，則留在這裡作為人質。」

「他肯麼？」

「我想他會肯的，第一，因為他手中握著王牌，他所握的這張王牌，是我們沒有法子勝過他的，而且，他也的確需要用得著我們。」

「你去做什麼？」

「如今我的思想還十分亂，」木蘭花避而不答，「我必須在離開這裡之後，好好地想一想，而你們在這裡，切不可有意外的行動，高翔，甚至像今晚這樣的行動，都會壞事的。」

木蘭花在講最後幾句話的時候，神情和語氣都極之嚴肅，令得高翔也緊張起來，道：「是，蘭花，我一定聽你的話。」

木蘭花又嘆了一口氣，道：「這件事情，可以說極之扎手，一處理得不好，便會出大亂子，你們一定要小心不生事才好。」

高翔和穆秀珍兩人再答應了一遍，高翔見木蘭花沒有什麼別的話要說，便向她告辭，回到了自己的房間中，朦朧睡去。

第二天，他醒來的時候，已是陽光普照了，他拉開了窗簾，意外地看到孤先生和木蘭花、穆秀珍正在窗外的草地上散著步。

高翔連忙推開了窗子，這時候，穆秀珍正俯下身子，去採一朵深紫色的花朵，可是孤先生卻叫了起來，道：「別動，這種花的花莖在斷折之際，所分泌出來的液汁，是可以引起全身皮膚紅腫的！」

穆秀珍陡地住了手，看她臉上的神情，似乎還十分不服氣，但是由於這裡的一切，實在太過詭異了，是以她也不敢再去採那朵花。

高翔手在窗檻上一撐，便跳出了窗口。

他聽得木蘭花在道：「我們昨天晚上已商量過了，我要離開半個月，他們兩人在這裡，半個月之後我回來，才能給你明確的答覆。」

「蘭花小姐，」孤先生立時道：「如果你想在這半個月中，帶人來剿滅這裡，或是在世界各地搜捕與我有關的人員，那你定然是白費心機的。」

「我也相信如果我這樣做，是不會成功的，但是我卻並不打算這樣，我只是想去做一件你萬萬料不到的事情，這件事，當然和你也有關係的。」

「我想是，因為你將是我手下最得力的人員，任何與你有關的事情，自然也和我有關！」孤先生的詞鋒犀利，絕不讓人。

木蘭花忽然十分神秘地笑了笑，道：「或許，在我回來之時，會帶一個你更希望相見的人來，我只是說或許，因為我也沒有把握。」

孤先生臉上剩餘的半條眉毛，陡地揚了起來。

他的心中，顯然對木蘭花的話起了極大的疑心，他的心中一定在問，她說的那個人是誰？但是他並沒有問出口來。

他只是急速地向前走出兩步，以背對住了木蘭花，以掩飾他心中對木蘭花那句話所表示的驚疑和不解。

他在走出了兩步之後，才道：「好的，你可以離去，但是我只許你半個月，你明白，我實在是可以採用更直接的方法的，對不？」

「我朋白，」木蘭花的聲音十分誠摯，「我也相信你絕不是一個無緣無故肯加害他人的人，你就像是做了一件錯事而得不到原諒的小孩子，反正得不到原諒，就只好一直錯下去了，可是，你的心中，卻實實在在不想再去犯罪的——」

木蘭花才講到這裡，孤先生便陡地轉過身來。在陽光之下，他滿是疤痕的臉，竟變得如此之蒼白！

他望了木蘭花一會，才道：「你究竟知道了多少？」

「我？」木蘭花裝出突然不解的神氣，「我什麼也不知道，嗯，你既然同意了我離去，那麼，請你作一個安排，好麼？」

孤先生的臉色，漸漸地回復了正常。

當剛才他面色大變之際，氣氛可以說緊張到了極點，只有木蘭花才能如常地鎮定，高翔和穆秀珍兩人則早已緊緊地握住了拳頭！

等到孤先生的面色漸漸恢復正常了，他們兩人才鬆了一口氣。

孤先生點頭道：「可以的！」他揚起左腕來，對著他的手錶叫道：「祁先生，請你過來。」

不一會，一個短小精悍的人，便從屋中奔了出來。

孤先生道：「祁先生，這位是木蘭花小姐，你帶她上潛艇，到太子港去，隨便她喜歡到那裡，你都要幫助她，一切費用，都由你支付。」

那位祁先生十分恭敬地回答了一聲。

木蘭花轉過頭來，向高翔和穆秀珍望了一眼，她雖然未曾開口，但是這一望是什麼意思，兩人卻極其明白，是以他們一起點頭。

木蘭花跟著祁先生走了開去，不一會，便聽得汽車引擎的發動聲傳了過來，這證明木蘭花已經向著海邊駛去了。

孤先生在草地上緩緩地踱著，忽然問，他問道：「木蘭花小姐為什麼要離開這裡半個月，你們兩人一定是知道的了。」

高翔立時搖了搖頭，道：「不能這樣說，因為我們知道的，絕不會比你更多。」

孤先生乾笑了兩聲，道：「這樣，看來只有等她回來之後，才能知道她此行的目的了。兩位，你們散步的範圍，最好不要離開屋子十碼，但即使是這樣，你們的生命也是十分危險的，一個月之前，我最得力的助手，就是因為未曾及時拂開一隻毒蜘蛛，所以喪生了——」

孤先生講到這裡，突然伸手在穆秀珍的肩頭之上輕輕地一拂，隨著這一拂，一隻極大的黑蜘蛛落到了草地上。

孤先生一腳踏了下去，將那隻蜘蛛踏死，穆秀珍卻已出了一身冷汗。

9 女神之像

孤先生又道：「唉，他死了之後，我的所有的業務等於完全停頓了，所以，我非要你們三位的幫助不可。」

「就讓一切停頓了不好嗎？」高翔反問。

孤先生沒有說什麼，只是向前走去。

經過了肩領上的那隻黑蜘蛛之後，穆秀珍也不敢再在草地上了，她連忙也向屋內走去。

進了屋子，孤先生才道：「對了，在屋子中，至少安全得多了，嗯，如果你們有興趣的話，今天晚上，山中的蠻族有一個盛大的儀式，我可以帶你們一起去參觀一下。」

穆秀珍又是害怕，又是喜歡，高翔也想去看看這種難得一見的神秘的儀式，是以他們兩人在猶豫了一下之後，一起點了點頭。

孤先生和他們一起進餐，氣氛好得就像老友一樣。

晚上，上弦月剛一升起，孤先生就來催他們出發了。

他們登上了孤先生的那輛汽車，在開始登上旅途之後，穆秀珍和高翔兩人，才知道孤先生的這輛車子，實在可以說是人類智慧的結晶！

這輛車子，不但可以爬山，而且可以涉水，車內的空氣調節，使得在車中的人感到十分舒服，而堅固的車身，可以當得起十頭野牛的襲擊！

車子在向前駛著，可以說根本是沒有路的，在車前的電鋸，不時發出噪耳的聲音，將樹和荊棘鋸斷來開路，以供車子前進。

在車子進行了四小時之後，車子終於停在一個山谷之前，那個山谷兩面的峭壁十分高，形成一個天然的門，那門約有一丈寬。在這一丈寬的「石門」上，裝著一個高達三丈的木柵，那木柵全是用一根一根同樣長短的圓木所造成的。

在木柵上，用紅和黑兩種顏色，畫出許多圖案來。這時，月亮已然隱沒了。天色濃黑，但有兩支極高的大火把照耀著，所以可以看清木柵上那種深沉詭異的圖案。

在木柵裡面，急驟的鼓聲不斷地傳了出來。

處身在這樣原始的處境之中，實在是任何人都不免要心中感到害怕的。

高翔咳嗽了一聲，清了清喉嚨，道：「孤先生，你確信你和土人的交情夠好了麼？」

高翔的話，問得十分委婉，實際上他就是在問：你是不是能保證我們的安全，那些原始的土人會不會對我們不利！

高翔的話才一出口，那木柵已然打了開來。

鼓聲更急了，兩排土人跳了出來。他們全是印地安人，他們的手中，各自持著一柄極長的長矛，矛尖是青紫色的，極其詭異，他們的身上，臉上，也塗抹著各種顏色的花紋。

他們跳了出來之後，發出震耳欲聾的喧鬧聲。

孤先生到這時候才道：「我們下車吧。」

「不，」高翔立時拒絕，「你還未曾回答我剛才的問題。」

「高先生，我既然有辦法使他們和我信奉同一個神，他們當然不會加害你的，但是你們必須記得，你們只是旁觀，不可以發出任何的聲音，最好也不要有特異的動作！」孤先生一面講，一面已打開了車門，跨下了車，他滿是傷痕的臉上，有一種近乎瘋狂的情緒。

「高翔，我們怎麼辦？」穆秀珍低聲問。

「我想不要緊的，跟他下去好了！」

高翔和穆秀珍兩人，跟著下了車。

那時候，那兩排土人已將孤先生包圍住了，土人像是根本未曾發覺高翔和穆秀珍兩人一樣。土人都發出尖聲的呼叫。

土人發出尖聲的呼叫，高翔和穆秀珍兩人都不覺得奇怪，但是孤先生卻也和他們一樣地叫著，跳著，他簡直也和土人一樣。

他們一起進了木柵，高翔和穆秀珍也連忙跟了進去。

那是一個很大的山谷，山谷的中心，是一塊曠地，這時正有幾十堆火在燃燒著，熊熊的火光，照映著近十種塗滿了顏料的土人的臉。

而這幾十堆火，圍成了圓圈，被圍在火堆中心的，是一個十分巨大的石頭人頭像，那人頭像一看便知道是一個白種女人的頭像。

而當他們兩人看清楚了一些時，心中更感到說不出來的驚訝，因為那座人頭，正是孤先生妻子的頭像。

當孤先生進去了之後，突然之間，所有的聲音都靜了下來，緊接著，孤先生以十分快的步伐，向前面疾走了過去。

由於他的一條腿是木腿，是以他疾走向前去之際，他的身子顛躓，樣子十分可笑，但是卻沒有人發出笑聲來。

孤先生來到了他妻子的頭像之前，突然跪了下來，他跪下之後，自他的喉嚨之中突然發出一種痛苦之極的聲音來。

那種聲音，若不是一個心中有著極度痛苦的傷心事的人，是絕不會發得出來的，他的身子開始完全伏在地上，而那種聲音則持續地自他的喉間發出來。

所有的土人也都開始下跪了。

土人的口中，發出那種「荷荷」的叫聲來，十餘個土人一起在這樣怪叫著，而這裡又是一個山谷，聲音傳不出去，只是激起陣陣的回音，那種令人毛髮直豎的恐怖，不是身歷其境的人，實是難以想像的。

穆秀珍可以說是天不怕地不怕的人，但這時，身子也不禁微微發起抖來。

高翔連忙拉著她，向後退出了十來步。

直待退出了那個山谷，穆秀珍才道：「天，他們在幹什麼？」

「他們在拜那個神。」

「可是，那不是神，那……只是一個女人的頭像，而且，這個女人，就是蘭花姐所講的，被孤先生親手殺死的他的妻子！」

「是的，但孤先生說服了這裡的土人，使他們以為那便是神。土人是無知的，孤先生便是利用了土人的無知，來使他的悲傷得到發洩。」

「他有什麼悲痛，他妻子是他自己殺死的。」

「可是他實際上卻深愛著他的妻子，正由於他愛他的妻子極深，所以才會在發現他的妻子別有所戀之後，將她殺死的！」高翔的聲音很低沉。

「你別替他辯護了，他是一個殺人凶手，哼，殺了老婆，還要假惺惺地來紀念她，感到悲傷，這算是什麼樣的把戲？」

「秀珍，你太直爽了，一個人的心理不是那樣簡單的，我相信蘭花一定知道了這一點，同時我也知道蘭花離開這裡半個月，是去做什麼的了。」

「她去做什麼？」

「她一定是去物色一個和孤先生妻子相似的女人，將她帶到這裡來，好使孤先生以為他的妻子還在世上。」高翔低聲說。

「可是，事實上她已死了啊！」

「孤先生未必能肯定她已死了，而且就算肯定了，也是不要緊的，因為她在孤先生的心中，已成了神一樣，當她突然出現的時候，孤先生是沒有懷疑的餘地的。」

「哼，就算是這樣，又有什麼用？」秀珍仍然不服。

「蘭花自有她的打算，我想，她一定是想利用這一點，來打消孤先生心中的犯罪觀念，使他從犯罪的泥沼中拔出足來。」

「噢，這……不是太沒趣了麼？」穆秀珍皺起了眉毛，「這樣一來，我們豈不是都成了心理醫生？難道沒有什麼驚險的事發生了麼？」

「秀珍，蘭花的計劃是不是能成功，這是難以料定的，你不必怕沒有驚險，早上在你肩上的那隻黑蜘蛛，還不夠驚險麼？」

穆秀珍連忙搖手道：「別說了，別說了！」

事實上，這一個晚上，他們也是夠驚險了，各種各樣的怪叫聲，一直持續到天明，太陽升起之後，他們才看到孤先生走了回來。

孤先生的樣子，像是一個死人一樣，見了他們，也不打招呼，逕自在他們兩人的身邊走過，兩人連忙跟在他的後面。

進了車子，司機也不待孤先生的吩咐，便將車子開了回去。從那天之後，他們兩人一直很少有機會可以看到孤先生。

而他們兩人，也遵守著木蘭花的吩咐，沒有什麼行動，一直到了兩個星期之後，在他們進晚餐的時候，孤先生突然走了進來。

孤先生的神色，看來十分愉快，他見到了兩人，招了招手，道：「我接到太子港方面的報告，木蘭花小姐已回來了，她已經登上潛艇回這裡來了，她的確是一個十分守信用的人，難得，難得。」

他講到這裡，忽然頓了頓，道：「據報告，她是和另一位小姐一起回來的，你們可知道，這另一位小姐，是什麼人？」

高翔和穆秀珍互望了一眼，穆秀珍暗暗向高翔豎了豎拇指，高翔向她眨了眨眼睛，但是他卻回答道：「不知道，難道你在太子港方面的人，沒有將這另一位小姐的容貌，形容給你聽麼？」高翔也是心存試探似地反問著孤先生。

「豈止有形容，無線電傳真照片也抵達了，是木蘭花和另一位小姐抵達太子港機場時的情形，你們看！」孤先生將一張相片放在餐桌上。

高翔和穆秀珍兩人連忙一起看去。

照片雖然經過無線電傳真傳送，但仍然十分清楚，他們看到了木蘭花，木蘭花一手提著一隻小提箱，一手卻挽著一個女子。

這女子的身形十分修長，但是她身上的衣服卻是十分寬大，有點像是修女的長袍，而她的頭上，則戴了一頂寬邊帽子。

在寬邊帽子的前方，有一幅黑紗，將她的臉部完全遮掩著，也就是說，在照片上，完全沒有法子看清她是怎樣的一個人。

高翔看了片刻，才抬起頭來，道：「她什麼時候可以到達這裡？」

「天明前，我會在適當時候派車子出去的。」

孤先生說著，已轉過身去，可是當他走出了兩步之後，他又站住了身子道：「你們真的不知道那一個是什麼人，也不知道木蘭花帶她來的用意？」

「不知道。」高翔十分乾脆地回答。

孤先生沒有再說什麼，慢慢地走了開去。

知道木蘭花就快回來了，高翔和穆秀珍兩人都異常興奮，他們在晚餐之後，都沒有休息，而是下著棋，聽著音樂來消磨時間。

午夜，孤先生又出現了。孤先生吩咐司機到海邊去接木蘭花回來，他自己則在高翔和穆秀珍的對面坐了下來。

高翔裝著不經意地問道：「你建立的通訊網很不錯啊！」

孤先生顯得有點心神不寧，但是他還是回答了高翔的問題，他道：「是的，我的通信室中，有著可以和世界任何一個角落通訊的設備，我的命令，可以在同一時間內下達給所有我的組織中的人員。」

「可以參觀你的通信室麼？」高翔又問。

「那要等你們答應了加入我的組織之後。」

高翔笑了笑，道：「蘭花就要回來了，她既然離開了又回來，她一定會有一個決定帶回來的。孤先生，我們快攤牌了！」

「你們是一定要輸的！」

高翔沒有再和他爭辯下去，只是聳了聳肩，又和穆秀珍下起棋來，孤先生則不斷地在踱著步，而且高翔發現他，幾乎每隔一分鐘，便取出那張傳真相片來端詳一番，而從他踱步的步子漸漸加快這一點來看，他的心中顯然是十分焦急。

終於，汽車聲在寂靜之中，傳了過來。

車聲越來越近，當車子停在門口之際，大廳中的三個人都十分緊張，他們一起站起來，站立著不動，孤先生的雙手，還按在一張桌子上。

他們三個人都可以看到車子停在房子的面前。

司機下來，打開了車門，先下車的是木蘭花。

可是木蘭花在下了車之後，並不是立即向前走來，而是轉過身，在車中扶出另一個人來，那個人，正是在照片中和木蘭花在一起的人。

她的裝束，和照片上完全一樣，而那塊黑紗，也照樣罩在她的臉上。

木蘭花將那個女子也扶了出來之後，停了一停，向前走來。

那女人看來十分衰弱，因為木蘭花扶著她走，而她走得十分慢，足足有三四分鐘之久，她們兩人才來到了客廳中。

木蘭花的臉色十分嚴肅，她進了客廳之後，停了一停，沉聲道：「你們好，我回來了，孤先生，剛好是十五天，並沒有過期。」

「是的，是的——」孤先生雖然是在回答著木蘭花，但是他光芒四射的眼睛，卻是停留在木蘭花身邊的那個女人身上。

顯然那個女人已引起了他極度的注意。

「孤先生，」木蘭花的聲音又響了起來，「我為你帶來了一個人，她可能是你再也想不到還能與之相見的一個人！」

孤先生的呼吸陡地急促了起來。

這時，他的身子也開始發抖，如果不是他本來就是扶住了桌子站立的話，只怕這時，他的身子一定會向前傾跌出去的了！

他的兩片嘴唇顫動了好一會，才發出一個字來，道：「誰？」

木蘭花並沒有說話，她只是一伸手，將她身邊那女子面前的那塊黑紗拉了下來。剎那之間，所有的人都呆住了！

出現在木蘭花身邊的，是一個極其美麗的女子，她的面色卻蒼白得可怕，她的那種美麗，是罕有其匹的，她是孤先生的妻子！

高翔早已料到，木蘭花一定在分析了孤先生的心理狀態之後，會帶著一個酷肖孤先生妻子的女人回來的，但這時他心中也不禁一驚，不由自主發出了「啊」地一聲！

穆秀珍自然也叫了一聲道：「蘭花姐——」

她本來是想問木蘭花是從哪裡弄來這樣一個酷肖孤夫人的女人來的，她本是沒有心機的人，也未曾想到在這樣的情形下，是絕不可以問出這樣一句話來的。她這句話一出口，木蘭花的一片心血便完全白費了。

幸而，她只叫了一聲，自孤先生的口中，已發出了一下充滿了痛苦的叫聲，那一下叫聲，將穆秀珍的話頭打斷了。

孤先生一面叫著，一面用手掩著臉，道：「不！不！你別戲弄我，這不可能，她絕不會是文妮，絕不可能！」

木蘭花聲音的鎮定，和孤先生聲音的瘋狂，恰好成了一個極其強烈的對比，她道：「孤先生，你不是一個孩子了，你應該正視現實！」

孤先生居然哭了起來！

這實在是令人難以相信的，一個在這樣神秘，野蠻的島嶼之上，和土人、毒獸搏鬥了十年的人，一個發明了活性毒藥，有力量要脅著全世界安全的人，應該是一個極其堅強的人了，可是這時候，這個堅強的人，卻一直不停地在哭著！

他一面哭，一面用歇斯底里的聲音叫道：「可是，十年之前，我親手扼死了她，我……我已經扼死了我最親愛的小文妮！」

「你的謀殺，不如你科學研究那樣成功。」木蘭花的聲音依然那樣鎮定，她打開了手提包，取出了一大疊剪報來，拋在書桌上，「你看這些。」

這一大疊剪報拋在桌上的聲音，引起了孤先生的注意，他放下了掩在臉上的手，低下頭去，看了一眼。

他只看了一眼，便沒有法子不再看下去了。

剪報顯然是長久以前的東西了，紙張都已發黃，在最上面的一張上，有著兩張相片，一男一女，女的正是如今站著的美人兒，而男的則是一個十分英俊的男子，孤先生自然可以認得出，那正是他自己，而標題則是：

科學家謀殺嬌妻不遂，逃匿無蹤，警方正下令追捕！

孤先生的身子突然震了一震，他伸手拿起那張報紙來，由於他的手在發著抖，是以那張紙也發出「啪啪」的聲響來。

他沒有讀完那剪報，又去看第二張，那標題則是：「孤夫人受到嚴重傷害，但可以復元，她盼望丈夫能回來。」

孤先生再去看第三張：「淒涼的等候，孤夫人決定在修女院中等著她的丈夫，她因為喉部受傷深重，而不能再發出任何聲音。」

孤先生的身子震動得更加厲害了，他雙手的動作也越來越快，每一張剪報，他都是看了一眼，便又迫不及待地去看第二張。

所有的剪報都是大同小異的，孤先生終於陡地抬起頭來，直視著木蘭花身邊的那個女子，他深深地吸了一口氣，道：「你，你是文妮？」

文妮的臉上現出十分駭然的神情來，她後退了一步，像是想躲到木蘭花的身後去，孤先生一見到這情形，連忙繞過桌子，向前跨了出去。

可是他跨出了兩步，卻突然伸手掩住了臉，叫道：「文妮，文妮，我實在不配再見你，實在不配！」

文妮自木蘭花的身後走出來，她走得相當慢，但是她終於來到了孤先生的面前，她蒼白而又細長的手指緩緩地抖動著，在孤克生滿了傷疤的臉上撫摸著。

孤克突然捉住了她的手，文妮的身子震了一下，她的唇掀動著，但是並沒有發出聲音來。

木蘭花大聲道：「好了，當年，你們兩人，誰都有錯，但是歲月已經使錯誤不再存在了，孤克博士，你可知道她為什麼一直在修女院中？那是她為了當年的不貞而懺悔！」

「是真的？」孤克的聲音像是在做夢一樣，「是真的？我又得回了文妮？我的小文妮又回到我身邊來了，我沒有殺死她？」

文妮點著頭，淚水連串地落了下來。

「孤克博士，我想，你不會再要我們合作了吧！」木蘭花笑著，「而且，你的勒索組織大概也可以徹底地解散了，是不是？」

孤先生呆了一呆。

木蘭花繼續說著：「你是因為犯了第一次罪之後，才會有繼續不斷的犯罪念頭的，如今，你已知道你的第一個罪根本未曾成立，你又何必繼續犯罪？你若是要繼續犯罪，你就可能失去文妮了，你和文妮，還可以有許多歡樂的時光的。」

孤先生的臉上現出了興奮無比的神色來，他高聲叫著道：「你說得對，你說得對，我立即去通知世界各地我的人員，叫他們全部解散，你們跟我來！」

他歡叫著，拉著文妮，便向外奔了出去。

木蘭花、高翔和穆秀珍三人連忙跟在後面，高翔和穆秀珍兩人，一邊一個，緊握住了木蘭花的手，祝賀她的成功。

但是木蘭花的臉容卻還是十分嚴肅，她搖了搖頭，表示事情進行下去是不是樂觀，還是未可預卜的，不要高興得太早了。

他們一起奔到了一條走廊的盡頭，孤先生取出了一具無線電控制儀，按下了一個掣，走廊盡頭的一幅牆，向旁移了開去。

那幅牆移了開去之後，裡面乃是一間十分寬大的通訊室，有一個中年人正坐在一大面控制儀之前，看到忽然之間有那麼多人走了進來，驚愕不止地站了起來。

而孤先生一面歡呼著，一面幾乎是跳向前去的，他的動作十分快疾，一時之間，只聽得「啪啪」之聲不絕於耳，他少說也扳下了近一百個掣，然後，他一伸手，向那中年人道：「將總通話器交給我，我要向所有的人下達命令！」

那中年人連忙將一具通話器交給了孤先生，孤先生接在手中，道：「所有的人員注意，我是孤先生，你們作聽到的表示。」

在被孤先生按下去的掣上，都有著小紅燈，這時，每一盞小紅燈都次第地亮了起來，直到所有的小紅燈都亮了，孤先生才又道：「你們聽著，我如今起宣布世界勒索組織解散，你們所持有的勒索用品，也將在下一秒鐘之內全部毀去！」

他的手在控制板的一個深紅色的掣上，用力按了下去。

木蘭花忙問道：「什麼意思？」

孤先生放下了通話器，轉過身來，道：「所有的毒藥，全是放在一只特製的小盒子之中的，不論用什麼方法，都難以開啟這盒子，要開啟這只盒子，必須接受我這裡的遠端控制，如果我按下這個綠色的掣，那麼所有的小盒子都會開啟，而我如果要開啟某一個地區部下所持有的小盒子，我也可以個別控制，而當我按下那個紅色的掣時，所有的小盒子便完全炸毀了，這表示我已下定決心解散這個組織……」

他講到這裡，突然停了口。這時候，通訊室中靜得出奇，沒有一個人講話。

孤先生的目光，先落在穆秀珍的身上，穆秀珍本來正是在笑著的，但是由於那一剎間的氣氛太特殊了，她陡地停止了繼續發笑。而她原來的笑容還僵在臉上，是以看來十分尷尬。

孤先生的目光緩緩地移動著，又停在高翔的身上，然後，又落在木蘭花的身上，最後，他一動不動地注視著文妮。

突然之間，他猛地向前跳來。

他是躍向文妮的，雖然他有一條腿是木腿，但是他的動作卻仍然快得出奇，一下子躍到了文妮的面前，並且伸手向文妮抓去，一面還喝道：「你是誰？」

可是，他的動作雖然快，木蘭花的動作也絕不慢，她也陡地向前跨出了一步，倏地一掌劈下，掌緣正重重地砍在孤先生的手腕之上。

孤先生一聲怒吼，龐大的身軀向木蘭花撞了過來。木蘭花的身子一閃，他撞了一個空，而高翔則身形一矮，搶到了孤先生的身前。

孤先生撞了一個空之後，身子向前衝來，但是高翔正好在他的前面，他猛地一個翻身，跌了出去，木蘭花已拔出了手槍。

另一方面，穆秀珍已飛快地跳過去，伸手將那中年人的頭頸緊緊地箍住，木蘭花一持槍在手，便喝道：「孤克，別動！」

但是，孤先生還是立即站了起來。他簡直是瘋了，竟不理會木蘭花的手中有槍，向木蘭花直衝了過來。然而，他還未到木蘭花的身前，高翔已經迎了上去，一拳重重地擊中了他的肚子。

那一拳的力量是如此之大，令得他猛地向後退了出去，他連退了七八步，退出了門口，方始站定，在他的眼中，現出惡毒之極的光芒來，他怪叫道：「你們都得不到好處，你們竟想出用這種卑污的辦法來欺騙我！」

他一面叫，一面轉身便跑。

木蘭花立時發槍，「砰」地一聲響，那一槍，木蘭花是瞄準了他的大腿射出的，子彈直穿進了他的腿中，可是他卻一樣去勢如飛。

木蘭花不禁呆了一呆，才想起自己這一槍是射進了他的木腿之中，等她再想發槍時，孤先生已然轉過了走廊去了，木蘭花和高翔兩人連忙追了上去。

等木蘭花和高翔兩人也轉過了彎時，他們聽到了孤先生所發出的驚心動魄的怪笑聲，同時，看到孤先生進了一扇門。

那門內是孤先生的工作室，也是養滿了各種毒蟲的地方！

在那一剎那間，他們都知道孤先生將要做什麼了，孤先生是要放出所有的毒蟲來害他們，木蘭花連忙拉著高翔向後退去。

然而，就在這時，他們聽到工作室中發出了一下淒厲之極的怪叫聲來，那正是孤先生的聲音！

在這下淒厲的叫聲之後，一切都靜了下來。木蘭花和高翔互望了一眼，他們小心翼翼地向前走去，一腳踢開了門，他們看到孤先生仰面躺在地上，他的手中，持著一隻竹籠，竹籠被打開著。

一隻足有手掌大小的黑蜘蛛，正爬在他滿面傷痕的臉上，他的確是想放出所有的毒物來害人的，但是他才打開了一隻竹籠，那籠中的蜘蛛便咬死了他！

在駛向海邊的汽車中，木蘭花才介紹那個女子，道：「這位是法國著名的女演員，芭絲小姐，她的演技之出色，你們剛才已欣賞過了，最糟糕的是秀珍，竟沉不住氣笑了起來，以致我們幾乎措手不及，難以應付！」

秀珍咬著嘴，半晌才道：「這樣不是更好麼？而且，他的部下也根本不知道出了事，我們到了海邊，還可以用他的潛艇離去哩！」

他們四個的確是用孤先生的潛艇離去的。

孤先生遺留下來的一切，後來由國際警員通知當地政府去接管，那個所謂世界勒索組織，當然也不再存在了，而除了少數幾個曾接到這個勒索的城市之外，別的人根本不知道世界上曾有過這樣的一個組織。

穆秀珍為了曾給木蘭花埋怨過因為她忍不住發笑而幾乎誤了大事，是以她回到了家中之後，特地買了許多笑話書，一面看一面訓練自己不發出笑來。

可是，結果怎樣？

結果，她一面看，一面笑，她的笑聲，自早到晚幾乎沒有斷過！

秘黨

1 秘密黨

本市在近幾年來的發展，速度極是驚人的，高樓大廈聳天而起，有的地方，幾個月前還是一片平地，但是幾個月之後，卻已是一幢美輪美奐的大廈了。

一個城市越是繁華，在它繁華的表面下隱藏的各種各樣的罪惡也越多，這也是一定的。

本市的情形，也沒有例外。

但由於本市警方組織的健全，以及歹徒懾於女黑俠木蘭花的威名，總算是稍為斂跡了，但是卻依然有許多怙惡不悛的歹徒，在計劃著罪惡的行動。

而且，常言道：「道高一尺，魔高一丈」，歹徒們犯罪的花樣越來越多，而且他們犯罪的方法，也是越來越進步了。

沒有人可以知道在這個平靜的夜晚之中，有多少歹徒在進行著罪惡的勾當，犯罪勾當是見不得人的，所以大多數總是在黑夜中進行。

這一樁也不例外，那是一幢極大的大廈，它新落成不久，在它的走廊中，還可以聞到新房子特有的那種水泥味道，這幢大廈從外面看來，除了走廊上的燈火之外，已是漆黑無光的了。

但是，大廈的頂樓，一間十分大的會議廳中，這時其實卻是燈火通明的，只不過這個會議廳的所有窗子，全部由電控制的活動板遮了起來，所以燈光一點也不會洩露到外面去而已。

會議廳的地上，鋪著血一樣紅的地毯，在正中，有一張方形的桌子，這時，長桌的兩旁都坐滿了人，約莫二十個之多。

這些人中，有的西服煌然，儼然是大富賈，但是也有的衣著十分隨便，還有兩個剪著短頭髮的女郎，年紀很輕，雖然不十分美麗但是卻很清秀。

這些人的身分顯然是完全不同的，但有一點卻是可以肯定的，那便是他們齊集在這裡，一定有著一個共同的目的。那是因為他們面上的神情是一樣的。

從他們面上的神情看來，他們像是正在等待著什麼。

在一幅牆上的大鐘，在這二十個人焦急的等待中，如常地移動著，終於，長針和短針重疊在一起，指向「十二」這個數字。

是午夜了！

一扇很大的橡木門，也在這時候發出了「啪」地一聲響，打了開來。

那二十個人一起轉過頭去，望向那扇被打開的門。

可是，他們的臉上都顯出十分奇怪的神色來。

首先，對這二十個人的身分，似乎有介紹一下的必要。

要一一介紹他們，是不可能的，因為他們的身分多種多樣，但是那些只是他們表面上的身分，他們骨子裡的身分都是一樣的，那便是：他們都是秘密黨的黨員。

秘密黨並不是這個犯罪組織的正式名稱，但因為這個組織和行動實在太秘密了，秘密得連個名稱也沒有，所以只好這樣稱呼他們。

這些人，平時用他們表面上的身分隱伏著，定期接受著一個自稱是他們首領的秘密人物的金錢津貼，今天，他們臨時接到通知到這裡來，首領要接見他們。

他們之間還是第一次見面，他們等了半小時，以為門開處，出來的一定是他們的首腦了。但是出來的，卻是一個十分瘦的漢子，他推著一輛餐車走了出來，桌上放的並不是酒或生日蛋糕，而是十幾只煙盒和幾只粉盒。

這就不能不使這些人覺得奇怪了。

那瘦子也不出聲，只是推著車子走向前來，在男人面前放下一只煙盒，而在女子面前，則放下一只粉盒，放好之後，他又走了回去。

在他走到門口的時候，他才轉過身來，道：「將你們面前的盒子打開。」他一講完話，便推門走了出去，門也自動關上了。

那二十個人依著瘦子的吩咐，將放在自己面前的盒子打了開來，一打開盒子之後，大多數人都發出一聲驚異的呼聲來。

這的確是他們在打開盒子以前所料不到的，盒子被打開後，出現在盒中的，竟是一幅兩吋見方的電視螢光幕！

在螢光幕旁，有幾個按鈕，而且，還有著傳音器，這時，在每一個盒子之中，都傳出細微而清晰的聲音，道：

「檢查你們的電視傳真盒，按下第一個掣，如果有閃動的斜線條出現的話，就是正常的，再按下第二個掣，你們將可以看到一個短片——應該說，是一部長片中的一個片段，你們每個人都要觀看。」

每一個人都照做了，因為他們都認得出，那聲音是定期和他們聯絡的首腦的聲音，他們的心中都很興奮，因為在這電視傳真盒上，他們可以想得到，他們所參加的組織是極具規模的，他們全是野心勃勃的犯罪分子，這時都感到了要大幹而特幹時的那種喜悅。

他們在按下了兩個掣之後，電視螢光幕上便出現了人物，那電視螢光幕雖然小，但是由於製作精巧的緣故，在螢光幕上的畫面卻是十分清楚。

那的確是一部電影的片段，放映的時間也不太長，大約只有十分鐘左右，等到放完了之後，這些人的臉上，個個現出了詫異莫名的神色來。

他們的心中實在是莫名其妙，不知道他們的首腦在弄些什麼玄虛，因為剛才他們在那堪稱精巧絕倫的電視螢光幕中所看到的，是一部美國西部片中的一段，他們看到一群為數七八人的匪徒，闖進了一個十分繁華的市鎮，市鎮上的居民，家家閉戶，人人躲了起來，任由這一群匪徒燒掠搶劫一番，呼嘯而去。

這是美國西部片中常見的情節，實在沒有什麼值得出奇之處，隨便花上一兩塊錢，就可以在銀幕上看到這樣的鏡頭。

所以，他們在極度驚詫之餘還不免十分失望。

他們本來以為自己潛伏了許多年，這次奉召前來出席秘密會議，一定可以從潛伏的陰暗處走出來，大幹特幹一番的了。

可是，事實上，他們卻只是看了這樣的一段影片，這算是什麼？

正在他們表示十分詫異之時，電視螢光幕上的畫面消失了，變成了閃動不定的斜線條，剛才那個聲音又傳了出來，道：「你們看了這段影片之後，有什麼感想？」

這個問題，來得更是十分突兀，這些人互相觀望著，不知該怎樣回答才好。

首腦的聲音似乎十分惱怒，道：「如果你們每一個人都認真欣賞的話，一定可以在其中看出一點問題來的，誰首先看出其中對我們的行動有利的地方，誰就可以負更大的責任。」

會議桌旁的人又靜了一會，一個瘦削的，大約三十歲左右的年輕人站了起來，沉聲道：「我有這樣一個印象，這個鎮上的人數非常多，但是闖進去的人，只有七八個人，已經令得鎮民受脅，而他們可以橫行了！」

「對！你還有進一步的闡釋沒有？」

那年輕人的臉上立時現出了傲妄的神色來，他又道：「是，我還有進一步的見解，那便是，要搗亂一萬個人的和平生活，不需要人多，只要一兩個人就夠了。」

那年輕人的話才出口，橡木門突然再度打開。

從橡木門中，走出三個人來，走在前面的一個，是一個身形十分高大的中年人，而走在後面的兩個，一個是穿著華貴西服的胖子，另一個則是剛才分發電視傳真器給各人的瘦子。

那身形高大的中年人一走出來，目光炯炯地向各人掃了一眼，每一個人的心頭，都不由自主起了一股窒息的感覺，那是因為他的眼光十分懾人的緣故。

這個中年人毫無疑問，是一個十分具有領導才能及組織才能的人，他嚴肅的神情，也使人感到害怕。

他向各人略點了點頭，道：「我是你們的首領，你們一定可以認得出我的聲音的，以後你們可以呼我為粱先生，我的代號是Ａ一號，你們以後如果和我聯絡的話，可以在電視傳真器中按第三個掣，呼喚Ａ一號，就可以和我聯絡了。」

他講到了這裡，頓了一頓，讓開了一點，指著那胖子道：「這位是世界著名的心理學博士，我們稱他為博士，他是我們這次行動的顧問。」

Ａ一號講到這裡，聽的人仍然莫名其妙。

他們參加秘密黨，全是基於他們都是躍躍欲試的犯罪分子，這時，他們是準備出動去犯罪的，那麼，為什麼要一個心理學博士來做行動的顧問？

Ａ一號笑了笑，道：「剛才，已經有人提出這一點來了，要打亂一大群人的和平生活，只要極少的一小撮人就夠了，博士！」

博士立即接了下去，他的身子雖然肥胖，但是一開口，卻是真氣充沛，這證明他是一個精力十分充足的人，他道：「尤其是這一大群人，已經過著太久的和平生活，而且，社會上的風氣又是太自由，自私，和絕少顧及別人的情形下，要打亂他們的和平生活，造成他們的恐慌，那更是容易之極的事情！」

這些人開始有點明白了，他們的面上，現出了興奮的神色來，那年輕人（他的名字是伍良）更呼了一口氣，道：「A一號，你的意思是要我們製造一場暴亂？」

A一號又用嘉許的目光，望了伍良一眼，道：「對！」

會議桌上另一個西服煌然的胖子，卻有點猶豫，道：「這……只怕不成功吧，本市的警方，力量很大，我們看來……發動不了多少人……」

A一號面色一沉，道：「住口！」

那胖子頓時嚇得不敢言語。

A一號又緩緩地道：「我們的組織，已成立了不少時日，一直沒有什麼行動，現在才來發動，當然是有原因的，那就是現在，我們有可以成功的因素，我們的成功因素是，世界局勢如今正十分混亂，各地都有局部戰爭出現，局部的戰爭正在擴大，在這樣的時候，我們發動的暴亂，如果說得到敵國的支持，那麼這個謠言一定可以得到市民相信的。」

「那樣，豈不是……罪名更大了？」

另一個人用戰慄的聲音提了出來。他們雖然都是犯罪分子，但是他們卻也想不到，他們的首腦所提出來的計劃，竟是如此驚人。

「混帳！」A一號怒叱一聲，「我已有了通盤的計劃！你們之中誰怕罪名大的，可以提出退出！」

會議室中的氣氛，頓時緊張了起來。

剎那之間，人人都屏住了氣息，安靜到了極點。

他們在宣誓加入這個秘密黨的時候，人人都宣過誓，人人都知道此時要想順利退出，那無疑是做夢，可是，在本市發動暴亂這個犯罪計劃，實在太令人吃驚了，實是超過了他們每個人的負擔之上！

是以，在靜了片刻之後，一個中年人模樣的人站了起來，用十分害怕的聲音道：「Ａ一號，我……想退出，可以麼？」

「可以！」Ａ一號立即回答。

這一個回答，倒有點出乎眾人的意料之外，那中年人更是大喜，忙道：「那麼，我……我……我這就……走了，我退出了！」

他一面說，一面便向門口走去。

可是Ａ一號卻立即道：「慢，你不能在門口離去。」

那人呆了一呆，轉過身來，道：「那麼……我從什麼地方離去？」

「窗口。」Ａ一號的聲音冷得像冰。

「窗口？」那人驚叫了起來，道：「你……在說笑？」

Ａ一號並不回答，只是略側了側頭，那個瘦子立時走前幾步，一按掣，一扇窗前的遮板移了開去，現出一扇窗子來，那瘦子又將窗子打了開來。

Ａ一號冷冰冰地道：「你要退出，從窗口出去。」

那人忙道：「這裡是十六層高樓，窗口怎麼走得出……去——」他講到這裡，突然明白了，剎那間，他的臉色變得比紙還白，身子發起抖來。

他一手扶住了會議桌，道：「我……我……我……改變主意了，Ａ一號，我……決心……參加你……所擬訂的偉大的計劃。」

「我相信你還是退出的好！」Ａ一號的聲音仍然極之冷漠，他揚起左腕來，對著他的手錶沉聲叫道：「你們來！」

從那扇橡木門中，立時又走出兩個人來。

那兩個是彪形大漢，他們每一個人，至少有兩百磅體重，而且那兩百磅，幾乎全是骨骼和肌肉，他們向前走動的姿勢，簡直像兩頭美洲黑豹一樣。

會議室中的氣氛更緊張了，那兩個大漢來到了近前，Ａ一號便道：「這位先生要退出我們的組織，讓他由窗口離去。」

「是！」兩個大漢一起應著。

那人的兩隻手，緊緊地抓住了會議桌，道：「我決定不退出了，我一定努力去做，Ａ一號，請你原諒我剛才的過錯，我——」然而，他的哀告，顯然一點用處也沒有。

那兩個大漢大步地走向前，一邊一個，將那人挾了起來，那人被兩個大漢挾住，一點反抗的能力也沒有，被兩個大漢提著，直來到了窗口面前，向著窗外用力拋了出去。

那人自一百六十呎的窗口向下跌去之際，所發出的淒厲之極的呼叫聲，是聽到的人畢生難忘的，那種呼叫聲，就像是一柄利鋸，將寧靜的黑夜鋸開了兩半！

那瘦子立時去關好窗，移過遮板，那兩名大漢也從橡木門處退了回去，A一號以手緩緩地摸著下頰，道：「還有人要退出？可以提出來！」

如果說，在那人被活生生地從窗口推出去之後，還會有人提出要退出的話，那才算是奇蹟了，A一號的聲音才一停止，這些人立時齊聲道：「我們保證向A一號效忠，請相信我們！」

A一號滿意地點了點頭，道：「這才是聰明的決定，事實上，你們既然入了秘密黨，就只有一直幹下去，想退出是最愚蠢的決定，這次我們決定發動暴亂，你們全是暴亂的主使者，而不是參加者，你們可以用一切方法，包括收買流氓，煽動無知者，脅迫和你們有關的人等等，每一個人，只要能夠鼓動一百人的話，我們就可以成功了。如果萬一你們被捕，你們在獄中，將可獲得三倍在獄外的人所得的利益。」

Ａ一號停了一停，道：「還有問題麼？」

「有。」伍良又站了起來，「請問Ａ一號，製造了這一場暴亂，我們的組織可以得到什麼樣的好處，是不是值得呢？」

Ａ一號點頭道：「問得好，但這是組織上的一項大秘密，我向你們保證，在三個月之後，你們每人可以視成績的好壞，分得一筆為數十萬到五十萬美金的鉅款。」

所有的人都低呼了一聲，有那麼大數字的報酬，那的確是他們在Ａ一號宣布以前所萬萬料想不到的，他們對這個出乎意料之外的數字，當然表示滿意。

Ａ一號繼續道：「我們的組織，可以說是世界上最完美的一個犯罪組織，我們要做的事，都是一定可以成功的，絕無失敗的可能，所以，各位只要留在組織中，將來都可以成為巨富，都可以成為出人頭地的人，希望各位好自為之！」

他講完了話，轉身和博士一起走了進去，只留下那瘦子，又有一個人推著餐車走了出來，餐車上所放的，是二十個提包。

那瘦子指著提包，道：「這是初步活動的經費，你們回去之後，盡量利用自己的關係，去煽動收買各色人等，聽候命令。」

每一個人都站了起來，取了一個提包，那瘦子又道：「你們需將發展的結果隨時報告，你們只消按下那電視傳真的最下一個掣，就可以和總部通話了。」

十九個人各自點頭，魚貫離去。

他們每個人的心情，各自不同，有的十分興奮，有的卻十分害怕，但是不管他們的心情如何，他們都將照著A一號的吩咐去做，那卻是絕無疑問的事情了。

因為，他們都看到和他們一起來的一個人，被兩名大漢從窗口中推下去的情形，他們也聽到了那人跌下去的慘叫聲。

這一切，都是令人終生難忘的，當然，他們之中，是不會有人愚蠢到想去步那個人的後塵的。

陽光明媚，天氣清爽。

初夏的朝陽是如此之明朗，絕不因為夜裡有了這樣重大的犯罪陰謀而遜色。

高翔將車子停好，吹著口哨，走進了警署。

他今天的心情十分愉快，因為他得到了方局長的通知，由於他在警方服務期間功績彪炳，是以警員總監已經決定授給他一種極高榮譽的勳章。

在歷史上，他還是得到這種勳章的第一人！

高翔當然也有相當程度的虛榮心，是以他的心情特別舒暢，甚至當他在走廊中走著的時候，也在輕輕地哼著歌兒。

他剛來到了自己的辦公室門口，忽然聽得身後有人叫道：「高主任！」

高翔轉過身，一個警官拿著一個文件匣，向他走了過來，道：「主任，昨天午夜，有一個人從一幢大廈上跌了下來，當場身亡——」

「這不干我事，」高翔揮了揮手，「為什麼要對我說？」

「這個人，」那警官忙補充，「在跌下來的時候，附近有人聽到他曾發出一聲極其淒厲的呼叫聲，他顯然是被人推下來的。」

「那也是你們謀殺調查科的事！」高翔仍覺得不耐煩。

「可是，這有很多疑點，陳科長請示了方局長，方局長說請你辦理，這裡是全部資料，請高主任過目。」那警官總算講完了他要講的話。

「嗯，」高翔點了點頭，推開了辦公室門道：「進來。」

那警官跟了進去，高翔接過了那文件匣打了開來，首先映入他眼簾的，是三張照片，那三張照片，是從三個不同角度拍的，照片中的「主角」，是一個自高空跌下，跌得幾乎已不成人形的人，那人毫無疑問，是立即重傷死去了的。

高翔皺著眉道：「這是什麼人，查明了麼？」

「查明了，他是一家中學的副校長，叫平原，平時為人沉默寡言，但是很得學生的擁護，據他的家人說，他是昨天晚上，接到了一個電話離去的，一直沒有回來，他並沒有犯罪紀錄，而且，他也絕沒有自殺的理由，絕沒有。」

「那麼，你們認為可疑的地方是什麼？」

「他的住所極其華麗，不像是一個副校長所能負擔得起的，那是一幢獨立的花園洋房，據平太太說，平原有一個十分富有的叔叔在南美。」

「還有呢？」

「還有就是這個。」那警官從文件匣中，拿起一隻牛皮紙袋來，將紙袋中的東西一起倒了出來，散開在高翔的辦公桌上。

高翔定睛看去，不禁呆了一呆。

從紙袋中倒出來的物件中，最大的一件，是一個已砸得不復成形的煙盒，是金質的，可是這顯然不是真正的煙盒。

因為在盒中，還有許多微小的機件附著。

高翔只不過隨便看上了一眼，他便可以斷定，那東西是高度電子科學技術的產品，超小型的電子管。

除了這只「煙盒」之外，還有許多細小的電子管，以及零件，看來都是從那煙盒之中所跌出來的，但已跌得十分零散，無法再拼湊在一起了。

高翔看了這些東西之後，心中暗忖，這件事，的確是十分可疑，他抬起頭來，問道：「專家的意見怎麼樣？」

「有兩位專家發表了意見，」警官回答：「一位是警方的專家，他的意見是，平原至少從一百二十呎以上的高空跌下來，也就是說，是在十二樓以上跌下的，由於他落地的地方，是在兩幢大廈中的一個小巷中，是以還未能確定他究竟是從這兩幢大廈中的那一幢跌出來的。」

「唔，另一位呢？」

「另一位是電子儀器專家，他看了這些東西之後，肯定說這是一具無線電視接收，無線電對講兩用的儀器，它配有可以說是世界上最小的陰極管，除了幾個科學極其發達的國家之外，別的地方，是製造不出這種超卓的東西來的。」

高翔的濃眉蹙得更緊了，看來這件事情十分不簡單。

那警官又道：「這煙盒在他跌下來的時候，還緊緊地抓在他的手中，他的腕骨和指骨都跌斷了，但這盒子還在他手中。」

「唔，」高翔抬起頭來，「第一步，從各國情報機關中去瞭解一下，看看死者是不是間諜人員。第二步，調查那兩幢大廈十二樓以上的各機構，看看和死者是不是可以拉上任何關係。第三，跟蹤死者的家人，以瞭解死者平時所結交的人。」

那警官將高翔所講的幾點，速記了下來。

高翔揮了揮手，道：「暫時就這樣了。」

那警官應了一聲，走了出去。

的確，那個自高空上跌下來的死人，雖然有許多可疑之點，但高翔並不是未卜先知的人，他當然無法知道這個人是因為想退出一個重大陰謀而被處死的。

高翔和整個警方，當然更不知道有這樣一件重大的陰謀在進行著。

但是，秘密黨的這十九個骨幹黨徒卻在加緊工作著，他們收買了許多罪犯，也鼓動了一部分無知的青年學生，有的甚至只有十歲左右的小學生，更煽動了一部分生活苦，待遇低，但是又不肯努力工作去改善自己生活的工人，Ａ一號每天都得到報告。

那十九個基幹，每天都向Ａ一號報告他們工作發展的情形，等到Ａ一號明白，他們可以鼓動起來的暴徒已達到兩千名左右的時候，他下達了命令。

暴亂發生了！

2 暴亂

暴亂是在黃昏時發生的，約莫有三百人，漸漸地聚集在鬧區，幾乎是突如其來的，他們攔住了一輛正在行走的大巴士。

而那輛巴士司機，也是早經收買了的，而且也是他們所約定的，司機一見有人攔阻，便立即棄車而走，暴徒趕下乘客，將車子推倒，橫在路中心，有人在車上倒了整整三罐汽油，點著了火，將那輛大巴士焚燒起來。

一切全是那麼有組織，行動地快捷異常，這幾百人全是各種各樣的罪犯，是以從發動到巴士起火，其間只不過五分鐘左右，警員也無法結集。

巴士起火後，濃煙沖天而起，交通為之斷絕，有幾十名警員趕到，暴徒以石塊和硝酸瓶拋向警員，所有的商店都關了鋪，行人退縮，暴徒開始橫行！

街上幾乎已沒有什麼車子了，但是還有一輛摩托車，以極高的速度向前駛來，駛到了著火巴士的附近停了下來。

從摩托車上，跳下來一個妙齡女郎，她一伸手，拉住了一個向著火的巴士上拋木板的暴徒，道：「喂，你們做什麼？造反麼？」

那暴徒大聲道：「對了，是造反，天要變了，世界是我們的，我們要搗亂一切秩序。」暴徒一面說，一面轉過身來。

當他看到按住肩頭的，乃是一個十分美麗的女郎時，這個暴徒涎下了臉，道：「小姐，你可是想加入我們，來，先給我親一下。」

那女郎笑道：「好啊！」

暴徒當真湊過臉來，可是他頭才一伸出，那女郎重重地一掌已然摑了上去，摑得那暴徒的身子猛地一仰，向後跌去，跌在地上燃著的火焰之上！

這一下，他的身子立時沾滿了著火的火焰，痛得他殺豬也似地怪叫起來，向外直衝了出去，十幾個暴徒一起向前圍了過來，圍住了那女郎，叫道：「打！打！」

也有幾個人，一起衝了過來，準備來打那女郎，可是就在這時，只聽得暴徒中有人叫道：「快逃，她是女黑俠穆秀珍！」

那個暴徒一叫，幾個已經衝上來的，也立時站住了身子。

這批暴徒幾乎全是坐過牢的監犯，小偷，慣竊，全是見不得光的東西，自然知道慣打不平，主持正義的木蘭花、穆秀珍兩位女黑俠的厲害，是以個個轉過身，便想溜之大吉，哪裡還敢動手？

也就在這裡，穆秀珍也已認出，離得她最近的一個，是受過她一次懲戒之後，曾跪在地上叩了六十個響頭，保證不再犯法的臭飛。

她一個箭步竄了過去，一伸手便抓住了臭飛胸膛，左手反手一掌，摑落了臭飛的黑眼鏡，罵道：「臭飛，你戴了黑眼鏡，我就認不出你了麼？你在幹什麼？」

臭飛連忙身子向後一縮，「嗤」地一聲，拉破了衣服，抱頭鼠竄而逃！

穆秀珍呆了一呆，這時她已看到大批警員趕到，暴徒已在狼奔豕突，穆秀珍回到了摩托車的旁邊，跳上了車子，疾馳而去。

她在回家的途中，經過了不少街道，幾乎到處都有人在滋事。許多汽油桶被推翻，有的暴徒甚至還公然侵入民宅去放火！

穆秀珍不知道究竟發生了什麼事，她只想快快趕回家，和木蘭花商量一下。

她將摩托車駛得十分快，但她還是嫌慢，到了家門前，她跳下車就叫道：「蘭花姐！」

她一面叫，一面向前奔去，奔進了客廳，木蘭花正在收音機前，向她一揮手，道：「別吵，快來聽收音機的報告。」

穆秀珍奔到了木蘭花的身邊。收音機中正在報告特別新聞：

「各位市民請注意，本市現在有三四個地區，正發生由不法的暴亂分子所策動的暴亂，警方正在應付，相信很快就可以被撲滅，市民如果沒有必要，請勿外出，同時，也有各種謠言傳出，這些謠言，旨在擾亂人心，使得時局動盪，其中最無稽的一項謠言，便是謠傳兩個敵對國家，將要發動進攻，這是絕對無稽的無恥謠言，本台將繼續不斷廣播有關暴亂的消息，請各位聽眾注意。」

聽到這裡，木蘭花將收音機的聲音轉低了些。

穆秀珍已迫不及待了，收音機的聲音才一低，她立即道：「蘭花姐，剛才我回來的時候，遇上暴亂了，暴亂的全是些不法分子，而且，顯然是有組織的。」

木蘭花的面色十分凝重，她慢慢地站了起來，來回地踱著步，忽然，嘆了一口氣，在木蘭花的身上出現這種情形，那是十分罕見的。

是以，這令得穆秀珍十分奇怪，她忙道：「蘭花姐，你為什麼這樣憂慮，難道你會相信，兩個敵國真會展開進攻麼？」

「我當然不會相信這種無恥謠言的，」木蘭花的神情仍然十分嚴肅，「我之所以嘆息，是因為感嘆社會越是進步，犯罪分子的心思便越是狠毒之故！」

穆秀珍有點不服，道：「蘭花姐，放火劫掠，展開暴亂，這是最原始的犯罪方法，你怎麼說他們的心思更加狠毒了？」

「秀珍，剛才你說，暴亂是有組織的！」

「看來是，因為這些人行動表示得如此瘋狂，但是卻又有許多響亮的口號在支持著他們，這當然是有組織的行動了。」

「這就是了，秀珍，」木蘭花又嘆了一口氣，「真正的犯罪分子，是製造暴亂，散佈謠言的那一小撮人，而在街上放火的，我敢說，不是盲從的無知者，便是被收買的流氓。」

穆秀珍的腦筋似乎還轉不過來，她瞪著木蘭花，過了半晌，道：「我不明白，是不是兩個敵對國家真想展開進攻，所以先來搗亂人心？」

「當然不是，絕對不是。」

「那麼，製造暴亂，又有什麼好處呢？」

「錢！」木蘭花沉重地回答，「造成時局不安，造成市面的混亂，放出大量的謠言，暴亂的主持者，便可以藉此來大做投機生意，時局一動亂，首先狂起的便是金價，他們製造一場暴亂，等金價暴漲時，平息一下，再等金價回跌，然後，再製造暴亂，再散佈謠言，在這種起伏的過程之中，他們就可以在黃金、股市以及糧食方面的交易中，得到極大的好處！」

木蘭花一口氣講到這裡，嘆了一口氣，道：「一小撮暴亂製造者的用心，也太狠毒了，他們竟要用過百萬人的惶惶不安，要用百萬人的痛苦，來造成他們發財的機會，他們簡直是畜牲！」

「砰」地一聲響，穆秀珍重重地一拳擊在桌上，她俏臉通紅，顯然她的心中已然激動之極，她大聲道：「那麼，難道就任由這批畜牲攪下去麼？」

「當然不，這批東西的陰謀，是一定要失敗的，但要制止他們，必須採取快速行動，秀珍，我們應該毫不猶豫地投入抵抗暴亂的行列中去，你打電話和高翔聯絡一下。」

穆秀珍連忙去撥電話，她撥了好久，才接通了警局的電話，但是高翔已經出去了，方局長也不在，警局內只有一位值勤警官。

當那位值勤警官知道打電話來的是穆秀珍的時候，他緊張的聲調才稍為鬆弛了一些，他道：「穆小姐，警局的全部力量都動員了，估計暴徒約有兩千名到三千名，然而，他們肆無忌憚地攻擊警員，警員卻不能對他們使用武力，所以十分難以應付，高主任這時正在南區指揮對付人數最多的一批暴徒。」

「謝謝你。」穆秀珍放下了電話。

由於那警官的聲音十分大，是以在旁邊的木蘭花也已聽到了，她立即道：「我們先到南區去，和高翔碰了頭再說。」

穆秀珍連忙答應，她們兩人快步向外奔了出去，一起上了摩托車，由木蘭花駕駛，向南區風馳電掣地出發。

一進入市區，警方人員已在主要的通道口架起了鐵馬，勸諭沒有要緊事情的路人回家去，木蘭花和穆秀珍兩人當然獲得了通過。

在一個大城市中，平時在表面上看來是十分安寧的，但是內在卻必然隱藏著種種不滿的情緒，這時，不滿的情緒，都因為有人挑動暴亂而爆發出來了。

真正的暴徒人數並不多，但是聚集在一起，可以說莫名其妙的人群，卻是東一堆，西一堆，到處可見。

這些人群當然不是犯罪分子，但是，當他們看到警員的人數較少，或是看到警方十分克制的時候，他們之中的不滿分子也會有偏激的行動。

木蘭花和穆秀珍兩人一路南去，看到有很多地方，和警員對壘的，只是一些八九歲的孩子，這些顯然都是失去教育的一群窮苦的孩子，看他們精赤的上身，又瘦又黑的身子和營養不良的臉孔，就可以知道，這些是流浪兒，小乞丐，平時是見了警員就拔足奔逃的，這時，他們也來趁機發洩一下了。

木蘭花一直不出聲，她們一直向南馳著，警方顯然已控制了整個局勢，因為暴徒始終未能聚集在一團，製造出更大的暴行來。

一架直升機正在上空軋軋地飛著，盤旋著，木蘭花在一個警官的口中知道，方局長正在直升機上，親自指揮著全市警員。

暴徒最集中的地方是南區，而這一區也是職業暴徒的集中地，南區的暴亂中心，是一家鋼鐵工廠，數百名暴徒佔領了這家工廠。

警員包圍了這家工廠，可是在警員之外，又有數百名暴徒進行了反包圍，在反包圍之外，又是警方人員的哨站。

當木蘭花、穆秀珍兩人來到最外層的哨站之時，她們看到一車又一車的警員，正源源不絕地開到，又展開了一層包圍圈。

木蘭花和穆秀珍兩人在一輛指揮車前停了下來。

指揮車中，立時有一個警官躍了下來，向他們敬禮，道：「蘭花小姐，秀珍小姐，你們請回去，形勢十分險惡，佔領了鋼鐵廠的暴徒，揚言要將兩爐數十噸熔化的鋼鐵，聽憑它流出廠外！」

「我要見高主任。」木蘭花淡然地道。

「高主任率領著二百名警員包圍了鋼鐵廠，在這兩百名警員之外，大約有七八百名暴徒進行著反包圍，只怕很難進去。」

穆秀珍忍不住道：「那你們為什麼不進去解圍？」

「我們一衝，暴徒必然後退，到時，鋼鐵廠中的暴徒衝出來，高主任他們兩頭受攻、寡不敵眾，所以，方局長指示，盡量先對峙著再說。」

「嗯，」木蘭花頓了一頓，「那麼，我先和高主任講幾句話，指揮車上一定可以和他進行無線電聯絡的，是不是？」

「是！」

那警官讓木蘭花上了車，他用無線電叫通了高翔，將傳話器交給了木蘭花，木蘭花沉聲道：「高翔麼？我是蘭花。」

高翔的聲音很嘶啞，也很緊張，他道：「蘭花，你來做什麼？你來，並沒有多大用處，我看你還是快點離開些好。」

木蘭花一面注意著放在一邊的這一區地圖，一面道：「你現在是在什麼地方，可是在天興鋼鐵廠的正門附近麼？」

「是的——蘭花，你千萬別想衝進來！」

木蘭花又向那地圖望了一眼，手指落在自己所在的地方，然後，迅速地沿著一些街道向前移動著，停在天興鋼鐵廠之前。

傳音器中仍不斷傳來高翔的叫喚聲，但是木蘭花卻沒有再回答，她將傳音器交給了那警官，便跳下了車子。

穆秀珍急問道：「怎麼樣？」

「走！」木蘭花只簡單地回答了一個字，便向前奔了出去。

穆秀珍連忙跟在後面，那警官想去叫她們，可是兩人已經奔遠了！

那警官嘆了一口氣，回到車中，道：「高主任，她們已經來了，我阻不住她們，看來，也沒有什麼人可以阻得住她們！」

的確，沒有什麼人可以阻得住木蘭花和穆秀珍兩人的前進，她們兩人貼著牆，向前飛奔著，很快就奔過了三條街。

這三條街可以說是無人地帶，但是在奔過了這三條街之後，她們和暴徒接觸了，她們看到數以百計的暴徒，完全像瘋狗一樣地在叫著，跳著，搬著木板，拋入一堆正在著火的火堆之中，他們臉的肌肉是扭曲的，看來實在不像是一個人！

她們兩人在牆角處停了一停，穆秀珍緊握著拳頭，便想衝了出去，但木蘭花一伸手，便將她拉住，道：「秀珍，這是沒有用的。」

「我要衝出去將他們打一頓。」

「如果和他們去對打，那麼，你豈不是將自己的身分降低到和暴徒一樣了麼？你看，警員為什麼都不用武器呢？就是知道這些人全是嘍囉，暴徒是可以收買煽動得起來的，擒賊要擒王！」

「可是，任由他們破壞法紀麼？」

「當然不能，警方一定會採取行動來逮捕他們，判他們應得之罪的，這些事，應該讓給警方人員去做，我們先設法和高翔聯絡再說。」

穆秀珍強忍下氣來，木蘭花拉著她，又貼牆走前了幾步，從一條小巷中穿了過去，來到另一條街道上，她們奔過那條街，有十個暴徒將她們攔住。

那十幾個暴徒，全是彪形大漢，他們的手中，各握著十分粗大的鐵枝，而且，鐵枝的一端，全是用機器軋成十分尖銳的尖刺。

這些鐵枝，可以說是十分厲害的殺人凶器。

這十幾個人攔住了木蘭花和穆秀珍兩人的去路，其中一個走前一步，用啞得如同破鑼也似的聲音，聲嘶力竭地喝道：「你們是什麼人？」

木蘭花作了一個手勢，不讓穆秀珍出聲，她十分鎮靜地道：「你們又是什麼人？我在自由的土地上，自由地行走，你們有什麼資格來盤問我？」

那名大漢的面上肌肉扭曲了，木蘭花是在和他們講理，而暴徒們有什麼理可說，他們是凶橫，殘暴的犯罪分子，聽到了木蘭花正義凜然的反問，他們個個都像瘋狗被人踩了尾巴一樣，怪聲吼叫了起來，最前面的那大漢甚至揚起了鐵枝。

木蘭花是極少發怒的，可是這時候，她卻陡地發怒了，她的臉色陡地一沉，厲聲道：「你想做什麼？」

在木蘭花嚴詞的指斥下，那傢伙卻又表現了極度的懦怯，他猛地向後退出了一步，但是他身後的人卻又湧了上來。

暴徒的心理都是一樣的，當只有他一個人的時候，他膽小得像一頭老鼠，但是當人多的時候，就會以為自己是英雄了。

那暴徒又向前連跨出了兩步，道：「打你！」

木蘭花冷笑了兩聲，道：「好，你打！」

那暴徒果真悍然地揚起了鐵枝向下打了下來！木蘭花身子一側，一伸手，已抓住了他打下來的鐵枝，身子接著一轉，將暴徒的手臂扭到了背後，那傢伙殺豬也似地叫著，身子也跟著轉了過來。

木蘭花的雙手立即再向前一送，那暴徒的身子向前直跌了出去，撞進了人群之中，這時，穆秀珍大叫一聲，也衝了過去！

穆秀珍一衝過去，暴徒便遭殃了，她雙掌外揮，「啪啪啪啪」的聲響，立時有兩個暴徒，兩邊面上都腫了起來。

木蘭花身形一矮，也掠身而上，這時，已有幾支鐵枝跌到了地上，木蘭花在掠上去之際，雙腳連踢，將地上的鐵枝一起踢了起來。

鐵枝飛起的高度並不高，大約是離地一呎左右，但是鐵枝的去勢卻十分勁疾，立時有三個凶徒被鐵枝砸中了小腿骨，怪叫著跌倒在地上。

穆秀珍這時候，又將一個暴徒像死豬一樣地舉了起來，用力地將之再向人堆中拋去。

那十幾二十個剛才還像是不可一世，似乎憑他們就可以佔領整個世界的凶徒，這時卻尖叫著，像喪家之犬一樣，夾著尾巴，唯恨爹娘少生兩條腿了。

穆秀珍忽然笑了起來，道：「蘭花姐，你說得很對，我們是人不犯我，我不犯人，可是這班暴徒，卻是『人不犯我，我就犯人，人若犯我，我就走人』，你看他們走得多快！」

木蘭花也笑了起來道：「本來，叫喊得最大聲的人，也就是膽子最小的人，而什麼事如果必須依靠暴力來推動，也正是這種事快要滅亡的時候了！」

她們兩人繼續向前奔去，在擊潰了那一小撮暴徒之後，她們又奔出了兩條街，已可以看到鋼鐵廠的圍牆和警員了。

這時，雖然又有幾十個暴徒，向她們追了過來，但是一看到前面有警員，那些暴徒便站定了不敢再過來，只是亂叫亂罵。

木蘭花和穆秀珍向兩個警員打了　個招呼，道：「高主任在什麼地方？」

「在正門！」

木蘭花和穆秀珍先來到了圍牆下，在圍牆上有許多石塊拋了出來，但是都沒有拋中她們。

等她們到了圍牆腳下，石塊便拋不中她們了。

她們貼著圍牆向前奔著，不一會，她們來到了正門旁邊，她們也看到了高翔，高翔領著二十多名警員，正和五六十個暴徒隔著一扇鐵門對峙著。

高翔也立即看到了木蘭花。

但是木蘭花向他作了一個手勢，令他不要出聲，木蘭花的身子又打橫移了幾步，來到離鐵門只有兩三呎之處貼牆而立。

由於她和穆秀珍兩人，是緊緊地貼牆而立的，所以，在鐵門中的暴徒是看不到她們的。高翔這時，正在對著一個擴音器在講話。

他的聲音，從裝在警車上的強力喇叭中傳了出來，高翔的聲音很啞，很大聲道：「你們都是一批受利用的可憐蟲，你們如果再胡作非為下去，是絕不能逃脫法律的制裁的。你們要立即放下手中的武器走出來！」

回答高翔的，是一陣嘈雜聲，和瘋了也似的叫嚷，但是高翔仍然耐心地一遍又一遍地勸諭著這批暴徒。

穆秀珍十分激動道：「為什麼不衝進去？」

「剛才那警官曾說，工廠中有暴徒要脅，如果警方展開攻擊，他們將放出數以千噸計的鋼水，這些鋼水，將引起這一區極大的損害！」

穆秀珍道：「那便怎麼樣？」

木蘭花雙眉緊蹙道：「如今的局勢雖然亂，而且幕後主使者是什麼人，也一點線索也沒有，但是也可以看到一點頭緒來了。全市的暴亂事件雖然多，但主要是在南區，南區暴亂的中心，又是在這家工廠中。在這家工廠中，最核心的部分，當然是控制了兩爐鋼水的那批人，要尋找這次暴亂的線索，必須要從這一批人著手。」

穆秀珍明白木蘭花的意思了，她低聲問道：「蘭花姐，你的意思是，我們進工廠去，去將這一批人打垮，弄散他們？」

「是的，核心散了，周邊也會散，當然，局勢不會就此便立即平靜下來，但是今晚的局勢，便可以簡單得多了！」木蘭花一面說，一面又貼著牆向外走去。

穆秀珍跟在木蘭花的身邊，木蘭花不斷地向高翔打著手勢，告訴高翔，她們將要去做什麼，高翔焦急得連連頓足。

可是木蘭花的主意很堅決，她們仍然貼牆向外移動，當她們快要轉過牆角的時候，高翔實在忍不住了，他向前疾奔了過來。

木蘭花停了下來，等著高翔。

可是，當高翔奔到了她的面前之後，她卻沉著臉，以絕不客氣的語調道：「回去，在情勢這樣緊張的時候，你怎可離開崗位？」

高翔呆了一呆，道：「蘭花，你們想進廠去？這個工廠已被暴徒佔領了，一共有五百多個喪失人性的瘋子在內，你們怎麼進去？」

木蘭花沉聲道：「我們必須進去，這個核心的暴動區不解決，今晚的暴亂局勢便不容易控制，不要看暴徒兇惡，其實，他們全是色厲內荏的傢伙。」

「蘭花，我不能讓你進去。」高翔堅持著。

「你快回你的崗位去。要不然，你別想我再理你！」

「蘭花，我派幾個人和你們一起去。」

「人多了沒有用，我和秀珍兩個人去將領頭的暴亂分子揪出來，你們再在外發動攻勢，那麼，暴徒就會被瓦解了！」

高翔嘆了一口氣，一轉身，又呆了片刻，才又向前奔了出去，而木蘭花和穆秀珍兩人，則連忙轉過了牆角，來到了工廠的側翼。

3 五湖貿易公司

暴徒的注意力看來是集中在工廠的正面，在側翼，顯得比較冷清，木蘭花和穆秀珍兩人停了片刻，木蘭花一揚手，一股繩索「颼」地向上飛起，繩索一端的鉤子，鉤住了圍牆，木蘭花首先沿著繩子，迅速地向上爬了上去，她先探出半個頭，向圍牆內望去。

她看到在圍牆下，約莫有六七個凶徒，正持著鐵枝站著，而更多的凶徒，則正如木蘭花所料，是在工廠的正門方面。

還有很多凶徒，分別在廠房的各部分高聲呼嚷著。

木蘭花的身子輕輕一縱，便已經上了圍牆，她伏在圍牆上不動，只是向下招了招手，等到穆秀珍也和她一樣，伏在圍牆之上後，木蘭花才低聲道：「秀珍，你看到了沒有，只要對付了這六七個人，我們就可以衝進工廠內部去了。」

穆秀珍點了點頭。

木蘭花道：「我們最要緊的，是要速戰速決，我對付四個，你對付三個，我們一定要在最短時間內，甚至不等他們出聲，便將他們擊昏過去。」

穆秀珍又點了點頭，同時，她指了指下面的三個人，道：「這三個人歸我，那面在一起的四個人，由你來料理他們。」

木蘭花吸了一口氣，低聲道：「跳！」

她們兩人手在牆上用力一按，身子向下疾落了下去，圍牆足有十二呎高，她們在向下躍去的時候，身子是彈了起來的。

所以，當她們落下之際，她們是落進了人叢之中。

她們突如其來的出現，實在是太突兀了，是以那七個人根本一點防備也沒有。而當他們知道發生了什麼事情之際，卻已然遲了。

穆秀珍比木蘭花更早出手，她的身子幾乎還未曾落地，雙手一伸，便按住了兩個人的頭頂，將那兩個人的頭用力撞碰在一起。

「砰」地一聲，那兩個人立時昏了過去，而在他們的身子還未曾倒下去之際，穆秀珍按在兩人頭頂上的雙手用力一按，身子又飛了起來，雙足猛力踢出！

恰好在這時，在穆秀珍前面的一個人轉過身來，她聽到那凶徒被踢得鼻骨折斷的聲音。穆秀珍幾乎忍不住大笑起來，因為一個鼻骨折斷的人，如果繼續成為凶徒，那麼當他凶形惡相的時候，樣子一定是十分滑稽的。

她身子落了下來，還想去幫助木蘭花。

但是木蘭花的身手比她更高，木蘭花在一落下來之際，雙掌齊出，砍向兩個人的後頸，兩個人一聲不出，就倒了下去。

另外兩個人，一個拔腿要逃，另一個則揚起手上的鐵枝狠狠地向木蘭花砸了下來，可是木蘭花的身子刷地一轉，到了那人的背後用力一推。

那人一個站不穩，跌向前去，鐵枝反砸在另一個暴徒的後腦上，那暴徒仆地不起，木蘭花再加上一掌，四個人一起解決了。

穆秀珍向木蘭花一豎大拇指，兩人迅速地向前奔了進去，奔進了廠房之中，那廠房中空蕩蕩地，並沒有人，她們穿過了那廠房。

在將要奔出廠房之前，她們在門口停了一停，然後，將門拉開了一道縫，向外看出，那門的外面，是一個小小的空地。

空地上，有二十多人聚集著。

一個很瘦削的人，正在揮臂狂叫，道：「我們不必怕，我們一點也不必怕，我們是有人支持的，知道麼？強而有力的支持！」

那二十個人一起叫了起來，附近的廠房中，也有人相呼應，看來聲勢倒也可以算得浩大，那人口沫橫飛，道：「所以，我們一定成功的。」

有一個人問道：「我們成功？成功什麼？我們不是要盡量破壞麼？這也是你說的。」

那人有點惱羞成怒，道：「你少廢話！」

有幾個人笑了起來，那人怒道：「你們再笑，就領不到錢，聽命令的，可以加倍付給，我們有大量的錢，但是給聽命令的人！」

哄笑聲停了下去，木蘭花低聲道：「秀珍，這人一定是領導者了，這些暴徒原來全是收買的，那就更好對付了！」

「對，被收買的要比受煽動的容易對付得多了，我去抓住他再說！」穆秀珍伸手要去拉門，但木蘭花搖了搖手，道：「別忙！」

她後退了兩步，四面一看，向一個木箱奔了過去。

那木箱中全是各種各樣的大小不同的零件、螺絲等物，木蘭花向穆秀玲招了招手道：「將這箱東西向他們倒去，然後，我們一起撲向裡頭的那人！」

穆秀珍高興地點著頭，兩人抬起了那個木箱來。

那木箱中的物件至少有三百斤重，普通兩個女人是絕對抬不起來的，但是木蘭花和穆秀珍兩人卻不同，她們全是受過嚴格的中國武術，和日本，西洋式訓練的人，是以她們抬了起來，並不覺得十分費力。

她們輕輕地打開門，將那個木箱揚了揚，突然向外潑去，滿箱子的鐵器零件，「嘩」地一聲，向人群中倒了下去。

那一大群人狼狽得如同被人拋翻了窩的蟑螂一樣，怪叫著，向外竄逃了出去，木蘭花和穆秀珍兩人雙雙向前撲了出去。

她們的撲出之勢是如此之勁疾，那人見勢不佳，想要逃走，如何還來得及？一邊一個，兩人已將他牢牢地挾住了。

那人大叫道：「你們快來！」

木蘭花冷冷地道：「你叫他們來，等於是和你自己過不去。」

這時，穆秀珍的右拳抵在那凶徒的背脊上，用力轉了一轉，那凶徒痛得怪叫了起來，四周圍暴徒越聚越多，但卻沒有人上來。

木蘭花取出手槍，向天連放了三槍！

凶徒一陣混亂，只聽得工廠之外的警員吶喊起來。

鐵門立時被攻破，沒有人下命令，凶徒要放出鋼水的威脅，也成了空話。

一部分歹徒踰牆而逃，大部分的歹徒都被逮捕。

高翔是一馬當先衝進來的，木蘭花將那人交給了高翔，道：「這個人是核心分子之一，千萬不可讓他走脫了！」

高翔押著那人，將之押上了單獨的囚車。

兇徒四下潰逃，再加上警方的行動，暴亂的局勢已被控制了，但是謠言卻更加多，許多印好的傳單，在街道上被到處散發！

傳單上，全是些最煽動人心的謠言！這些謠言，在市面上飛傳著，表面上看不出情形如何，但實際上會造成什麼樣的結果，卻是誰也難以預料得到的。

當午夜過後，市區可以說完全恢復寧靜了，警員仍在街道上巡邏戒備，高翔、木蘭花和穆秀珍則回到了警局之中。

他們來到了特別訊問室，那個被木蘭花所擒的人，正在兩個警員的監押下，坐在一張椅子上，一盞強烈的燈照射著他的臉。

高翔一走了進去，一個警官便已將一張口供記錄交到了他的手上。

高翔接過來一看，上面是空白的，連「姓名」這一欄下，也沒有填上去。

「主任，他什麼也不肯說。」那警官補充了一句。

高翔點了點頭，走到那人的面前停了下來。

在強光燈的照射之下，他可以清楚地看清楚那人臉上的每一個毛孔，而他也實實在在地感覺到，這人的每一個毛孔之中，都散發著瘋狂的氣息，他實在是一條瘋狗，而不是一個人！

試想，哪裡有一個人，會去肆意破壞百萬人和平生活的？

高翔伸手在桌上輕輕地敲著，強忍著心頭的厭惡，道：「你已經被捕了，你下定決心想破壞法律，但你和你的同夥，都將在法律前面碰得頭破血流，百萬人要求過和平生活的決心，是一股無形的，也絕攻不破的力量，你願意供出一切來麼？」

「哼！」那人悍然地揚了揚頭。

「如果你不說，由於你犯法的證據確鑿，你是逃不過法律的制裁的，你不要以為警方會對你們束手無策，我可以告訴你，警方根本不需要你的什麼供詞，一樣可以將暴亂的最高主使人，從陰暗見不得人的角落中揪出來的！」

高翔講完之後，那人瘋狗也似地臉上現出了驚惶的神色來，但是卻隨即消逝，高翔將這種情形看在眼中，內心不禁冷笑。

應付各種各樣的犯罪分子，原是高翔的職業，高翔也熟知各種各樣的犯罪分子的心理，他自然明白，當一個犯罪分子在強光燈的照射下，越是裝出什麼英雄烈士的姿態來，實際上，他的內心，卻越是怯懦。

但如果這時硬去追問供詞，他可能不會說，但若根本不將他當一回事時，他就會爬著來求你，將一切都講出來了！

是以高翔站了起來，一揮手道：「不必問了，將他帶回去，先拘留起來再說！」

兩個警員，一邊一個，將他挾了起來。

那人果然顫聲叫了起來，道：「什麼？連問都不問，就想落案麼？我要抗議，你們這樣對付我，我要抗議到底！」

他叫到後來，有點聲嘶力竭了。

「先生，」高翔冷笑道：「不是我們不問你，是你不肯說，現在我也不耐煩一點一點地來問你的口供，你先回去想一想，什麼時候，你準備將一切都講出來了，你可以要求見值日警官，將一切都講給他聽，現在你怪叫怪吠，有什麼用？」

那人被高翔一頓話教訓得垂頭喪氣，被兩個警員挾了出去。

高翔轉過身來，聽得木蘭花在叫他，道：「你來看！」

木蘭花和穆秀珍兩人，自一進詢問室之後，便一直站在另一張桌子之旁，那桌子上也亮著一盞燈，桌上放著一些零星的東西，一卷傳單，和一只煙盒，這全是在那人身上搜出來的。

木蘭花叫高翔的時候，她的手中正拿著這只煙盒，而且，已將煙盒打了開來，可以看到盒中的乾坤了。

高翔一轉過身來，自然也看到了木蘭花手中的煙盒。

他急步向前走出了兩步，「啊」地一聲。

木蘭花並不知道高翔早一晚上，已經從一個墜樓者的遺物中，看到過這樣的煙盒，她略抬了抬頭，又注視著這煙盒，語調十分沉重，道：

「高翔，這件事，比我們想像的要複雜得多，你看這個，是無線電傳真和對講的混合儀器，製造得如此精巧，顯然這個集團，是有著極其雄厚的勢力的！」

高翔點了點頭，表示同意木蘭花的話，同時，他也想告訴木蘭花，在這一只煙盒上，他已經得到了一個極其重要的線索了。

但是高翔還未曾開口，木蘭花已然伸手在那螢光幕之旁的幾個掣上，次第地按了下去，而聲音也突然傳了出來。

那是一陣大笑聲，聽來十分洪亮。

穆秀珍和高翔都為這股突如其未的大笑聲嚇了一跳，但是木蘭花卻還是鎮定地站著。

在不到兩吋的螢光幕上，這時，閃著耀眼的線條，那笑聲還未停止，木蘭花已然道：「我想，你現在可以聽到我的聲音了？」

「我早就可以聽到你們的聲音了，」那語音自盒中傳了出來，「你大概就是木蘭花了？如果你還想活下去，那趕快離開本市！」

木蘭花淡然一笑，道：「你是在恐嚇我麼？如果你有足夠的力量，你大可以來對付我，如果你根本沒有力量對付我，恐嚇我又有什麼用？」

那聲音厲聲道：「木蘭花、高翔、穆秀珍，你們三人聽著，如果你們膽敢插手干涉我們的行動，那你們是在自討苦吃。」

穆秀珍大怒，厲聲道：「放屁，什麼叫插手干涉，你們作奸犯科，警方自然要管，自然要使你們受到法律的制裁！」

那聲音不再說什麼，只是發出一陣陣陰森的冷笑聲，高翔一伸手，從木蘭花的手中，將那只盒子搶了過去，放在桌上。

他立即又向木蘭花和穆秀珍兩人作了一個手勢，三人一起向外退了出去，一面退，高翔解釋道：「這盒子可能受遙控無線電波控制而爆炸——」

高翔才講到這裡，「啪」地一聲，那盒子已經炸了開來，但是爆炸的程度十分輕微，只炸毀了盒子的本身，而且不是真的爆炸。

他們三人在門口呆了一呆，木蘭花嘆了一口氣，道：「本來是可以根據無線電波發射的方向，利用儀器偵察到這個犯罪組織的所在地的，但是現在，線索又斷了。」

高翔「嗯」地一聲，道：「線索未必完全斷了，這種盒子，在早一晚，我已經看過一次，蘭花，你且跟我來，我詳細講給你聽！」

在高翔的辦公室中，高翔將那個墜樓者的一切，向木蘭花和穆秀珍兩人詳細解說了一遍。這個神秘的墜樓者，本來只不過是可疑而已，但如今，因為那一隻「盒子」，已知道死者是和暴亂的小頭目有關連，事情顯得更嚴重了。

在高翔講完之後，一個警官開動了幻燈機，在一幅牆上出現了畫面，第一副相片是那人墜地處的現場，相片是彩色的，地上還有著殷紅的血漬。

第二幅照片，則是仰角拍攝的，那是兩幢大廈中間的一個夾縫，這張相片，拍得十分有藝術意味，但是警方人員拍攝這張照片的目的，自然不是為了去參加沙龍。

高翔手持著指揮棒，指著那照片，道：「專家的意思是，這個人至少是從一百二十呎以上的高空掉下來的，所以，十二樓以下，我們可以略而不顧，這個人既然落在這條巷子中，那麼，他一定是從這兩幢大廈中的一幢掉下來的，而且他落下的窗口，一定是臨巷子的一面。」

高翔講到這裡，頓了一頓。

木蘭花沉思了片刻，道：「也有一個例外，那人也可能是從這兩幢大廈中任何一幢的天臺上跌下來的，是麼？」

「有這個可能，但是我認為可能性不大。」

「為什麼？」

「這人的服裝整齊，而且他的手中還握著那重要的東西，他一定不是一個人在大廈中，而更可能是在一個會議中被人推下來的，這種秘密會議在天臺召開的可能性較少，因為本市的直升機交通已然十分發達，隨時可以被人發現的。」

木蘭花點了點頭，沒有再說什麼。

高翔對案情的分析十分合理，他的結論也具有極強的說服力，穆秀珍首先叫起好來，道：「高翔，那我們快展開行動！」

高翔轉過頭去，望著木蘭花。

木蘭花沉默了半分鐘道：「我也贊成立即採取行動——雖然我不認為這次行動會有什麼收穫。」

「蘭花，」高翔問：「難道你認為我的分析不對麼？」

「你的分析很對，但是除非那犯罪組織還未曾發覺那墜樓者是連同這樣一具儀器一起落下去的，他們既知道有一具同樣的儀器，落在我們的手中，他們還會不立即撤退麼？」木蘭花緩緩地講著。「但我們立時採取行動，也是有用的。」

「對啊，我們至少可以得到一些資料，」穆秀珍唯恐木蘭花不贊成採取行動，「他們就算撤退，總有點線索留下來的。」

「對，我也正是這個意思。」木蘭花同意。

高翔已伸手按下了對講機的掣，道：「通知各科的負責警官，準備行動，各部門的人員，準備隨時待命，作一次大搜索行動！」

二十分鐘之後，八輛警車駛到了兩幢大廈的附近停了下來。

兩輛警車上的警員立即跳了下來，約有八十名警員，四下散了開來，守住兩幢大廈的出口，其餘警車中的警員，也紛紛下車，他們有的控制了大廈的電梯，有的則控制了樓梯的出入口。

那兩幢大廈全是在繁盛的商業區，在白天，是十分熱鬧的，但這時，已是午夜過後，卻是十分冷清，大廈的管理處人員慌張地迎了出來，當他們知道那是警方採取突擊行動之際，他們立即將各層的鎖匙完全交了出來，以協助警方。

警員分兩路上樓，一路是升降機，一路則由樓梯上去，高翔率領的警員，先搜查右邊的大廈，木蘭花和穆秀珍則在左邊的大廈搜尋。

從十三樓開始，一層又一層的房門全被打了開來，這兩幢大廈中，幾乎是各種商行、洋行的辦公室，毫無例外地是空無一人的。

木蘭花和高翔不斷地用無線電對講儀聯絡著，他們逐層地向上搜索著。

當木蘭花和穆秀珍領著警員，來到了十六層的時候，她們發現，十六層全部是由一家掛著「五湖貿易公司」招牌的機構所佔用的，而且，和其他幾層不同，一出電梯，走廊上就有兩個人持著手槍守著。

警方人員的突然出現，使得這兩個持手槍的漢子愕然失措，木蘭花冷冷地向他們打量了一眼，一個警官已上前去，將他們手中的手槍奪了下來。

那兩人大聲叫道：「什麼事？什麼事？」

「搜查！」警官回答：「這是搜查令。就是你們兩人在麼？裡面還有什麼人？」

「晚上，裡面哪裡有人？」

「那你們在這裡幹什麼？」

「我們公司的買賣大，經常保存著大量的現鈔，所以每天晚上，都有人當班看守的。」那兩個大漢從容地回答著。

穆秀珍一路查上來，一個人也沒有看到，心中正在不樂意，一見到有人，大是興奮，在那兩個守衛的身邊繞來繞去。

可是，她卻又不能無緣無故地出手去招惹人家，因之感到此行十分乏味。而木蘭花則已持著鑰匙，打開了大門。

木蘭花感到這一層由「五湖貿易公司」佔用的樓層，有一種說不出來的怪異感覺，使人感到這裡一定有重大的秘密。

木蘭花的這種感覺，並不是憑空而來的。

首先令得她有這種感覺的，是那兩個看守的人。

一家貿易公司，有必要因為「現金太多」，而僱用兩個看守人麼？這個理由，在那兩個看守人看來似乎順理成章，但是事實上，卻是不成其為理由的。

誰都知道，現代的商場上，大筆數目的交易，幾乎全是在銀行中轉帳，很少採用現金交易的，那麼，這家公司，又何來多到要人看守的現金呢？

其次，當木蘭花用大廈管理人給她的鑰匙去開「五湖貿易公司」的門時，卻發現鎖和鑰匙是完全不對頭的，也就是說，鎖是被換過了的。這至少證明了這家公司多少有一點不可告人之處，要不然，何以連鎖都換去了？

木蘭花終於打開了門，她是用百合匙將門打開的，而在開門的過程中，她自然也可以知道，門鎖的製作十分精巧。如果不是這方面的專家，是打不開這柄鎖的。

所以，當鎖被打開了之後，木蘭花並沒有立即進去，而是轉頭向身後的穆秀珍低聲道：「秀珍，小心些，我看這裡有古怪。」

穆秀珍點了點頭，從一個警官的手中，取過一柄手提機槍來，對準了門口，以備一有什麼動靜，她就可以先發制人了！

她用槍指住門口之後，大聲道：「行了！」

木蘭花轉回頭去，握住了門把，用力向裡一推，門被推了開來，門內一片漆黑，幾乎什麼也看不到。

而事實上，這裡雖然高，也不應該黑，因為不但天上有月光，而且對面的大廈上，有著巨大的光管招牌，光線是應該可以照射進來的。

但是，門打開了之後，卻是一片漆黑。

為什麼會黑成這個樣子呢？

木蘭花站在門口並沒有立即進去，只是想著。

4 失蹤

十五分鐘之後，由樓梯包抄上來的一隊警員，也到達了十六樓。他們在登高了十六層之後，儘管他們全是體格一等的壯漢，也不免喘著氣。

帶著這一隊二十名警員的，是一名年輕的警官，他覺得今晚能夠和大名鼎鼎的女黑俠木蘭花一起行動，實在是莫大的光榮，是以他的心情十分興奮。

他率隊到了十六樓之後，看了一看，走廊中一個人也沒有，「五湖貿易公司」的牌子還掛著，這一家公司，佔據了整個十六樓。

這位王警官自言自語道：「這家公司的規模可算不小，木蘭花她們已經查完這裡了麼？」

他一揮手，又上了一層樓，那是十七樓。

可是，十六樓上卻也是十分靜，像是木蘭花也已經查過這裡了。

王警官呆了一呆，又向上走去，上面已是天臺了，等到他走完樓梯的時候，天臺的門卻鎖著。

王警官不禁呆住了，他們顯然是分了兩路上來的，但是在上來之前，他們卻是約好了，在這大廈的頂樓會齊，然後再一起下去。

可是如今，他們人呢？

木蘭花、穆秀珍和她們率領的二十個警員呢？

他們二十二人，到什麼地方去了？

若是說，二十二個人居然會突然失蹤，這實在是太荒誕的事情，王警官取下了無線電對講儀，按下了掣，道：「九號車注意，我是王警官，九號車注意，女黑俠可是收隊了？」

他按過了掣，立即得到了第九號警車上的回答，道：「沒有，他們上了去之後，我們一直注意著升降機，升降機上了頂樓之後，未曾下來過。」

王警官真的呆住了，他開始感到事情有出乎他意料之外的不可思議的發展，升降機停在頂樓，那表示木蘭花他們是到達頂樓了的。

但如今，他就在頂樓通往天臺的樓梯上！

而且，天臺的門鎖著，他們當然不在天臺上。

他們不在天臺，自然是回去了，升降機還在頂樓，他們是走樓梯下去的？然而王警官帶著一隊二十個警員，卻正是從樓梯走上來的。

木蘭花他們是二十二個人，並不是二十二隻螞蟻，而且，這二十二人中，也不會有一個是會有隱身法的，所以，他們如果是從樓梯走下去的，自己是一定可以遇上他們的，但如今的事實是：沒有遇上！

那麼，他們上哪裡去了呢？

王警官的手，有點微微發起抖來，但是他畢竟是一個久受訓練的優秀警官，他知道在這樣情形下，自己應該怎麼做。

他一面立即下令，命令那二十個警員全力戒備，到各層去仔細搜索，一面又發動了無線電對講機的掣，道：「九號警車，我是王警官，替我轉接高主任，快，替我轉接高主任。」

不到二十秒鐘，他便聽到了高翔的聲音，道：「王警官，什麼事？你們的一組，可是已有了發現了麼？蘭花呢？我這裡沒有發現。」

「高主任，」王警官深深地吸了一口氣，才能使自己的聲音聽來不致發抖，「高主任，我率領二十位兄弟，從樓梯直上頂樓，可是……可是……我一直未看到從電梯上來，由木蘭花小姐率領的那一組人，他……他們似乎已不見了。」

「別胡說，他們一定收隊了。」

「不，升降機一直停在頂樓。」

「他們當然由樓梯下去的。」

「不可能，我們一直從樓梯走上來，斷然沒有遇不到他們之理的。」

高翔的聲音，停了片刻，道：「那麼你現在幹什麼？」

「我已命令我那組警員去逐層搜查了！」

「繼續搜查，仔細搜查！」高翔命令著。

事實上，高翔不但命令王警官繼續搜查，而且他自己，也立即帶著六十名警員趕到，在這幢大廈中，進行了自上至下逐層搜查。

搜查工作足足進行了三個小時，每一間房間，每一個隱蔽的地方都搜查了，天臺的門也被打了開來，天臺上顯然一人也沒有。

他們要找的並不是一個人，而且，要找的也不是一群迷了途的孩子，他們要找的，乃是二十名久經訓練的幹員，和兩位大名鼎鼎的女黑俠！

可是，在歷時三小時的搜索中，他們卻什麼也沒有得到，什麼也沒有，這一幢高樓大廈除了管理處的五個職員之外，整幢大廈一個人也沒有！

這實在是不可思議的，駐守在地上的警員，眼看木蘭花和穆秀珍兩人，是帶著二十個警員由升降機上去的，升降機先停在十三樓，然後，逐層上升，直到頂樓，而他們二十二個人在上去之後，就未曾下來過，他們上哪裡去了，整個消失了麼？

整個事件實在是詭異到了極點，令得執行任務的警員，人人的臉上都不禁現出驚惶之色來，而當他們終於又齊集在天臺上的時候，已是清晨五時，東方已然現出魚肚白來了。

在過去的三小時當中，高翔近乎瘋狂似地在每一個地方找尋著，他早已解開了領子上的鈕扣，由於過多的汗水，他的頭髮也披散下來。

這時，當他站在天臺上迎接著朝曦之際，他的臉色是慘白的。他的神情，像是剛登過阿爾卑斯山頂峰一樣地疲乏！

五個警官，站在高翔的身邊。這五位警官的神態，也不比高翔好得多少。

高翔任由額上的汗一滴一滴地落下來，不去抹拭，這簡直是一件沒法交代的事件，二十二個人在執行任務中失蹤，其中包括木蘭花和穆秀珍在內！

這件失蹤事件，是無法遮瞞的。

因為造成這件失蹤事件的一定是敵人，只不過無法知道敵人是用什麼方法，以及在什麼地方造成這一次失蹤的事件而已。

敵人當然會大肆宣揚這件事情的。而這件事如果傳了出去，那就會大大地打擊警方的威信，而大大地提高了暴徒的氣焰！這是一個極其不幸的事件！

高翔也呆了許久之後，才嘆了口氣。

直到那時，一個年老的警官才道：「高主任，如今有一件事，是可以肯定的，那就是，敵人的總部一定是在這裡。」

另一個警官道：「我們展開周密的搜查！」

還有一個警官道：「我們可以從這座大廈建造的圖樣著手，徹底搜查這座大廈的一切可疑之處，一定要找出線索來！」

高翔點了點頭，道：「只好這樣了！」

這時，太陽已經漸漸地升了起來。

新的一天開始了。

這新的一天，也是混亂之極的一天。

果然不出高翔所料，警方人員連同木蘭花姐妹失蹤的消息，已飛一樣地傳了開去，警方的威信大受打擊，不明所以的市民，在暴徒的煽動下，自然訕笑著警方的無能。

金價狂漲，形成了搶購潮，估計在金市開市後一小時，成交的金子，已達到四萬兩的巨額數字，而且，漲幅還在上升。

暴亂仍在四處發生著，警方人員全部出動，有許多過分敏感而膽小的人，對本市的前途開始表示懷疑。

而高翔則一直在那幢大廈中進行著搜索工作。

可以說，從來也沒有一幢大廈，在建造成之後，曾受到過這樣嚴密的搜查的，但即使是如此嚴密搜查，也直到向有關部門要來了大廈建築的全部藍圖之後，才有了一點頭緒。

首先，高翔發現一個秘密，這幢大廈的業主，原來就是五湖貿易公司，而大廈建造藍圖之所以難於尋找，那是由於承建的建築公司，在大廈落成後不久的一個晚上，忽然發生了巨大的爆炸，不但總工程師等人全部死亡，一切檔案也全部毀去。

如今，高翔所得到的那一份藍圖，是當年承建商交給工務部門的副本，這種副本，循例是要退還給建築公司的，但不知是什麼原因，沒有退回。

就在這個藍圖上，高翔又發現了第二個巨大的秘密，這實在是十分令人震驚的，因為這幢大廈的第十六層之下，有一個巨大無比的承軸，承軸之上，有著六十枚直徑達兩呎的鋼珠，由於有這樣一個承軸，使得大廈的十六十七兩層是可以旋轉的！

不但是如此，而且，高翔更發現藍圖上，第十六層的天花板，和第十七層的天花板，都可以移動，也就是說，通過操縱，在第十六層上，就可以看到天空，而第十六層的地板，有一部分又可以斜斜向上翹起，形成一個快速的飛行彈道。

事情到了這裡，似乎已不再有疑問存在了，木蘭花、穆秀珍和那二十個警員，一定是突如其來被人制服，上了高速的無聲飛機，從彈道中彈射出去，飛到不知什麼地方去了，由於這種飛機是由彈道發射的，快疾之極，再加上絕無聲音，當然不為人所知了。

高翔在弄明白了這一點之後，立時圍住了五湖貿易公司，但是這間公司的職員，雖然有近兩百人之多，卻沒有一個知道這個秘密的。

高翔更進一步查到，一切的控制鈕，全在董事長室中，董事長公開的姓名，叫作王雄，究竟他是什麼身分的人，也是莫名其妙。

線索到這裡又斷了！

高翔心中的苦痛，實在是難以形容的，他暫時行使警方的權力，封閉了這幢大廈的最高兩層，一方面向軍事機構和機場方面查詢，在這段時間中，可有發現可疑的飛機在雷達網上出現。

但飛機顯然是一離開了彈道便飛入高空的，所以並沒有任何記錄留下。

第二天，敵對國家的報紙，喧騰著有二十名警員「投誠」的消息，甚至還有照片刊出，但就是沒有木蘭花和穆秀珍的下落。

一連幾天，暴亂不已，高翔不眠不休地應付著，暴亂被漸漸地平息了下去，但秘密黨的目的也已達到了，這幾天中，黃金市場的波動之大，無以復加，操縱金市的價格的人，估計至少賺進了三百萬美金之巨！

在暴亂稍停之後，高翔也得到了外交部門的消息。

通過外交部門去獲得木蘭花和穆秀珍兩人的消息一事，是方局長和高翔兩人採取主動進行的。

木蘭花姐妹，是和那二十個警員一起失蹤的，如今，那二十名警員已到達了敵對國家，而被宣傳是「投誠」，那麼，木蘭花和穆秀珍當然也在敵對國家之中了。所以，方局長和高翔兩人才通過外交部門去查詢她們兩個人的下落。

但是得到的回覆，卻令得他們十分沮喪。

因為對方的回答是：根本未曾見過這兩個人！

對方的一口否認，使得事情的嚴重性增加了，同時，也可以想像得到，木蘭花和穆秀珍兩人的處境，一定極其惡劣！

也正由於聯想到了這一點，高翔好幾次向方局長提出要求，要求單獨潛入敵對國家，去尋找木蘭花姐妹的下落，但是都被方局長制止了。

方局長並不是不想知道木蘭花和穆秀珍兩人的消息，而是，他同時也知道，如果高翔潛入到對方的土地，那是一件極其危險的事！所以他才竭力阻止高翔的前往的。

又過了幾天，市面上已經恢復平靜了，高翔也得到了近十天才來首次的休息，他什麼地方也不去，只是來到木蘭花的住所。

在小花園上的一張帆布椅上，躺了下來，望著藍天白雲，聽著遠處傳來的海濤聲，他心中不住地在叫著木蘭花的名字。

木蘭花究竟在哪裡呢？

這還得從那天晚上開始說起。

那天晚上，在那幢大廈的十六層樓，當木蘭花推開了門，發覺眼前一片漆黑之際，她猶疑了一下，在她身後，穆秀珍和那二十個警員，也一起向前走來。

變故的發生，是突如其來的，即使像木蘭花那樣機智的人，事先也完全無法知道。突然，自漆黑的門內，射出了一大蓬濛濛的霧來。

那一蓬霧，迅即迷漫了整個走廊。

而在走廊中的那二十名警員，木蘭花姐妹以及那兩個看守員，都在十秒鐘之內向下倒去，他們被那陣強烈的麻醉劑化成的霧迷醉了。

而幾乎是立即地，在門中，衝出了近六名漢子來，這六個人，他們都是戴著防毒面具的，他們以極快的手法，將所有的人都拖了進去。

一進那扇門，便是一個大廳，六架彈道飛機已然停在大廳上，A一號正在指揮著，他沉聲發著命令：「將所有的人全塞進飛機中，將木蘭花和穆秀珍兩人，放在我的座機中，準備行動——」

服從他命令的六名漢子，動作異常快疾，很快地就將所有的人弄進了飛機，然後他們也爬進了飛機，坐在駕駛座上。

十六樓的天花板向外移去，接著，十七樓的天花板也向外移去，現出了天空，然後，彈道慢慢地斜了起來，六架飛機次第升空。

這六架飛機升空之際所發出的只是「嗤」地一聲，而且一升空之後，立時便沒入高空之中，是以在地面的警方人員，完全不知道有了這樣的變故。

而等到飛機升空之後，A一號方用無線電控制，使得那幢大廈的最高兩層恢復了原狀。等到恢復原狀之後七分鐘，王警官才率領著另一批警員，由樓梯到達了第十六層，那時，早已一點痕跡也沒有，而且連麻醉藥的氣味也被特製的風機吹散了。

若不是高翔在工務部門得到了大廈的藍圖，他可能永遠不知道這批人是如何離開這幢大廈的了。

飛機在起飛後二十分鐘，速度漸漸減低，開始降落。

木蘭花和穆秀珍兩人，這時仍未曾醒轉來。

她們醒轉來的時候，是飛機降落後的半小時！

飛機是降落在海中央的一座小島上，這種最新型的彈道飛機，有著垂直下降的絕佳性能，因之那小島上的機場，看來只是山崖之旁的一片平地而已。

在六架飛機次第下降之後，從一個大岩洞中，立時駛出了一輛極大的卡車來，那卡車有點像鏟泥車，自車頭伸出來的一塊巨大的平板，將飛機鏟了起來，送進岩洞之中，六架飛機，全被送進了岩洞，在外表上看來，這個小島完全是一個荒島。

但如果一進岩洞，就可以發現裡面別有天地！

那岩洞的入口處，有著看來幾乎完全是天然屏障一樣的石門，當飛機和車子全部隱沒了之後，石門合攏，使得岩洞看起來十分淺窄。

但實際上，在石門之後則是一個極大的大洞。

那大洞絕對是天然的，因為人類的科學雖然進步，要在山腹之中，開上那樣一個大洞，那實在是沒有可能的一件事。

在那個大洞中，不但停著剛才被拉進來的六架飛機和那輛車子，而且，還有許多水陸兩用的車子，以及一艘汽墊船。

岩洞的另一端，可以聽到水聲，在岩洞中看來，那像是一個水潭，但從水勢起伏的情形來看，這個水潭，當然是可以直通大海的。

在廣大的岩洞左端，是一條狹窄的通道。

這時，在通道口處的石門移開，一群人齊奔了出來，而Ａ一號也推開了飛機的艙蓋，跨下了飛機來。

奔出來的一群人，一見到了Ａ一號，立時舉手為禮，Ａ一號吩咐道：「快替我聯絡柏克部長，這二十個警員，將他們分別看守起來，兩個女的，一起囚在特別囚禁室。」

領頭的一個連連答應，可是在Ａ一號講完之後，他卻道：「Ａ一號，聯絡柏克部長一事，我看已經不必要了，因為——」

那人才講到這裡，自Ａ一號的目中，已然射出了極其可怕的光芒，令得那人打了一個冷戰，忙道：「因為柏克部長已經來了。」

Ａ一號呆了呆道：「是麼？什麼時候到的？」

「十分鐘之前。」

Ａ一號「唔」地一聲，大踏步地向前走去，走進了那狹窄的通道之後，他站立著不動，地上的自動傳送帶，將他斜斜向上送去，到了另一個岩洞之前，他才一步跨了過去。

那岩洞中放著幾排椅子，他才跨進去，坐在沙發上的三個人便已站了起來。那三個人，正中的一個，身形瘦長，全副軍裝，胸前掛滿了勳章。

而在那位將軍身後的，則顯然是他的隨員。

Ａ一號略停了一停，他心中在想：柏克部長這時突然來到，是為了什麼呢？柏克部長可以說是秘密黨的靠山，秘密黨這次發動暴亂，製造謠言，以擾亂、操縱黃金市場最大的王牌，便是揚言敵對國家將發重兵前來進攻，要有戰爭發生。

而柏克，則正是這個國家的情報部長。

這個小島的一切，雖然全是通過柏克部長，得到了這個國家的資助而建立的，但這裡卻是秘密黨的總部，Ａ一號是個野心極大的人，他對於柏克部長事先全然不通知自己，而闖進了秘密黨總部一事，心中覺得十分不舒服，幾乎要發作了起來。

但是，他略一考慮，自己還有太多要倚仗對方的地方，這時發作出來，並沒有多大的好處，是以他又堆下一臉陰森的笑容道：「歡迎，歡迎！」

柏克部長卻十分不高興，「噯」地一聲，道：「你可知道，我的潛艇駛進來時，受到了四次阻攔，你的部下幾乎不許我進來！」

「這是難怪他們的，將軍閣下，你其實應該先給我一個通知，由我下達命令，那麼你就可以通行無阻了。」Ａ一號解釋著。

柏克部長的面色難看之極，他突然抬起腳來，一腳向一只茶几踢去，將那只茶几踢翻，叱道：「放屁，你是什麼意思？」

Ａ一號的面色也變了，他道：「什麼意思？這裡是秘密黨的總部，將軍閣下，是不是？」

「不錯，可是秘密黨的一切，全是在我國一手培植下建立起來的，現在我來，就是來告訴你一件事！」

柏克將軍取出了挾在脅下的指揮棒，向Ａ一號指了指，棒尖幾乎碰到了Ａ一號的鼻尖，然後才道：「我來通知你，秘密黨從現在開始，已納入我國情報部的管轄範圍之內，代號是海外第一行動組！」

Ａ一號的面色白得簡直如同浮屍一樣，他沉聲道：「我反對，這是不合理的，秘密黨雖然接受你們的資助，但是我們之間，一直只是平等的合作關係，而不是互相隸屬的關係。」

「不錯，以前是，」柏克將軍傲慢地道：「但現在，這個關係有改變的必要了，事情已發展到我們需要直接指揮的程度了。」

Ａ一號突然「哈哈」笑了起來，道：「柏克將軍，你看到暴動已被發動起來，你們可以因此而得到極大的利益，是以要過橋抽板了，是不是？」

「你講話措詞要小心些，我們全然沒有這個意思，」柏克將軍冷笑著，「隸屬於本情報部的海外第一行動組，將以泰勒中校為組長。」

當柏克將軍講到這裡的時候，他身後一個身形高大的軍人，向前走出了兩步，Ａ一號這時氣得幾乎要昏了過去！

改組後的秘密黨，就算仍是由他來當首領，他也是極其不願意的事情，更何況還輪不到他，但他是一個極其陰險深沉的人，這時，他在外表上看來，反倒鎮定了許多。

柏克將軍又道：「而你，梁先生，你可以領少校頭銜，任副組長！」

Ａ一號的雙眼瞇成了一條縫，但是，在他瞇成一道縫的雙眼中，卻迸出凶狠無比的光芒來，這正是他遭遇了困難，而決定要以極凶狠的手段來解決敵人的習慣。

然而這時，他卻不能貿然發動，因為他是一個人進來的，而柏克將軍這方面卻有三個人，除了泰勒中校之外，還有一個人，正用十分陰森的目光注視著他，而那人的右手，則放在褲袋之中，褲袋隆起，顯然他的袋中，有著立即可以致人死命的武器在。

在如今這樣的情況下，他如果突然動手，那是非常吃虧的，是以，他不動色，反而道：「那實在太好了，泰勒中校，請你多多指教。」

「你接受任命了？」柏克將軍問。

「當然接受了。」Ａ一號聳了聳肩。

「那麼很好，這裡的一切，以及原來秘密黨的一切業務，泰勒中校都會逐漸接手辦理的，你，立即跟我回去，去接受訓練。」

5 情報部長

Ａ一號聽到這裡，真正呆住了。

他自己以為自己可以算是手段最陰險毒辣的人，但是對方的手段，卻比他更毒辣，他就算失去了秘密黨的一切，那也不要緊，他可以再和需要他的大集團或是國家勾結，重新再建立一個和秘密黨類似的組織，他可以東山再起。

可是如今，對方卻要他立即去接受訓練！

Ａ一號乃是何等精靈之人，他焉有不知，所謂「接受訓練」也者，正是囚禁的代名詞，他如果跟著柏克將軍前去，那是絕無翻身的機會了！

剛才，Ａ一號還可以暫時隱忍一下，試圖設法，但這時候，他實在已沒有考慮的餘地了，因為他已沒有法子再退一步，再退一步，只有聽憑別人宰割了！

他當然是有所顧忌的，但是在如今這樣的情形下，一切顧忌，也都變成只是次要的問題了。

他城府極深，在這樣生死存亡的關頭，他仍然不動聲色，反倒伸出手去，道：「這樣說來，泰勒中校，我們才一見面，便要分手了？」

泰勒中校一副傲然不屑的神態，道：「是啊，希望我們可以再見。」他老大不願意地伸出手來，和Ａ一號握了握手。

在泰勒中校伸手出來的那一剎間，他是絕想不到十秒之後會發生什麼事情的！Ａ一號一握住了他的手，五指一緊，將他向懷中用力一拉！

泰勒中校一個站不穩，已向Ａ一號跌了過去。

Ａ一號的動作，快到了極點，就在泰勒中校向前跌來，還未曾站定腳之際，他又猛地一推，將泰勒向外推了出去！

泰勒是被推向柏克身後的一個人去的。

正如Ａ一號所料，當泰勒向那人跌去之際，槍聲響了，槍聲只是「撲」地一聲響，也正如Ａ一號所料，中槍的是泰勒。

第三步，事情的發展，也和Ａ一號所料的沒有多大的分別，那人見一槍射中了自己人，呆了一呆，柏克已伸手去拔槍。

但是Ａ一號卻已制了先機，他整個人飛了起來，雙足一起踢向柏克將軍的下顎，將柏克的整個身子踢得向後仰去。

柏克的身子撞在另一人的身上，兩人的頭部恰好撞在一起，他們兩個人一起昏了過去，倒在地上，最後，當A一號落地之時，他已不需要再發動什麼攻擊，他已然暫時取得勝利了。

槍聲，打鬥聲，雖然不是怎麼驚人，但也驚動了別的人，那個瘦子立時推門進來，道：「A一號，發生了什麼事情？」

A一號這時已完全鎮定下來，也因為他已完全鎮定下來，所以，他也開始想到了事情的嚴重性。

他是一直以這個國家作靠山的，但如今，他卻擊昏了柏克將軍。

但是，他隨即想到利用這嚴重局勢的辦法了，柏克將軍的姐夫，就是那個國家的獨裁元首，柏克也正是藉著這個裙帶關係，才能出任該國情報部長的要職，柏克還沒有死，自己只要控制住柏克，就還可有討價還價的餘地，索性可以放開手腳大幹一場了！

他一想到這裡，便沉聲道：「沒什麼，只不過發生了一點意外，通知重要的黨員——區負責人以上的黨員，在會議室集合，聽候我的訓示，同時，不論有什麼潛艇、船隻接近本島，一律警告不得駛近，不接受警告的，便展開攻擊。」

瘦子向地上一死二昏的人看了一眼，似乎也有些明白是怎麼一回事了，他連忙道：「首領，這事情如果應付得不好——」

Ａ一號打斷了他的話頭，道：「我已有了主意，只要這個舅爺將軍不死，我們就可以要脅他們，繼續對我們作支持。」

瘦子笑了一下，道：「而且我們可以更不受牽制了！」

Ａ一號道：「吩咐兄弟進來，將柏克單獨囚禁，加倍小心地看管，如果讓他走脫了，連鎖負責，你可明白了麼？」

瘦子忙又道：「是！」

Ａ一號望著昏過去的柏克將軍，他的口角上現出一絲獰笑，他可以大開拳腳了，他可以直接在黃金市場中得到好處，他還可以向柏克將軍的國家敲一筆鉅款，他估計可以得到一千萬美金，甚至更多的利益，那麼，秘密黨的組織可以大大地擴展了！

柏克將軍和他的隨員昏過去的時候，也就是木蘭花和穆秀珍兩人醒過來的時候。她們當然並不知道在她們昏過去的時候，曾發生過什麼事情。

她們兩人是同時醒過來的。

一有了知覺之後，木蘭花所做的第一件事，便是翻起手腕，看了看錶，距離她昏過去的時候，還不到一個小時！

她轉過頭去，看到穆秀珍已從地上站起來了，正在打量著四周，道：「蘭花姐，這裡是一個岩洞！我們怎麼會到岩洞中來的。」

木蘭花也從地上站了起來，道：「現在，距離我們昏迷的時候，已過了一小時了，現在的交通技術，可以在一小時之內將人送出去幾百里了。」

穆秀珍吃了一驚，道：「蘭花姐，你是說，我們已不在市區了？我看不可能，他們是用什麼法子將我們載運出來的？」

木蘭花並不出聲。她並不是不想回答穆秀珍的問題，她只是覺得無從回答。因為她和穆秀珍一樣，也是在昏迷了一小時之後剛醒過來的。在這樣的情形下，她如何回答這個問題？

她站了起來，來回走了兩步，她的頭還十分疼痛沉重，是以她一面踱著步，一面用大拇指按著她的太陽穴，令得頭腦清醒了些。

在她踱了一圈之後，她已經將處身的環境打量好了。

那的確是一個岩洞。木蘭花還可以斷定，這個岩洞是天然的，她是一個各方面的知識都十分豐富的人，她一眼便看出，那岩洞的岩石是水成岩。

由此推斷，她得出一個結論，這裡離海不會很遠。

而且，這種水成岩的岩洞，大都是一組一組的，那麼，她們當然不是孤獨地被囚禁在一個岩洞之中，而且她們正在一組岩洞之中的一個，而那一組岩洞，當然是被犯罪分子利用來作總部的，推演下去，木蘭花立即得出了一個結論！

她們如今是在敵人的真正總部之中。

木蘭花在一切鬥爭中，總是站在勝利的一方，實在並不是單靠幸運的，而是且更多地靠她苦學而來的知識，以及精細的判斷力所得到的。

任何人，在自己昏了一小時醒來，發現身在一個岩洞之中，一定對自己的處境是毫無所知的，但是，木蘭花卻立即運用了她對岩石的知識，使得她多少瞭解到一些自己的處境，而由此開始，自然可以再進一步的行動和推測了。

岩洞略呈方形，高約二十呎，面積大約有三百呎，相當寬大，岩洞雖然是天然的，但是一望而知經過悉心的改裝。

木蘭花首先就發現，在洞頂若干倒掛下來的鐘乳石之中，至少有三根不是鐘乳石，而是裝置得十分隱蔽的電視攝像管。

當然，毫無疑問，岩洞中也會有偷聽器的了！

岩洞中有一張板床，和一張木桌子，兩張木椅，十分之簡陋，在一邊岩石上，有一股泉水在緩緩流下來，發出淙淙的聲音。

當木蘭花仔細地打量著周圍的環境之際，穆秀珍又迫不及待地問道：「蘭花姐，我們究竟在什麼地方？你怎麼不出聲？」

木蘭花嘆了一口氣，在一張椅子上坐了下來，道：「秀珍，我和你是一起昏過去，一起醒來的，如果你不知道我們是在什麼地方，我如何知道？如果我可以想得出來，你又為什麼不想一想？」

穆秀珍嘟起了嘴，道：「我怎麼想得出來？」

「如果我不是和你在一起，是你一個人在這裡呢？」

「那麼我當然只好動腦筋了！」

「是啊，你就當你是一個人在這裡，你去動腦筋，我也想我的，然後，我們再交換意見，兩個人想，總比一個人想要來得好些。」

穆秀珍無話可說，她賭氣在床上躺了下來。

在如今這樣的情形下，要她集中思緒，那簡直是沒有可能的事，尤其有木蘭花在，穆秀珍的心中更有依賴心，所以，她在躺了下來之後，根本沒有想什麼。

而木蘭花則在不斷地想著，她從那一陣麻醉藥的迷霧噴出來想起，當然，當時所有在走廊中的人，是完全昏過去的。

那麼，敵人是只將她兩個人運了出來，還是連同那二十名警員一起弄走的呢？但即使是她們兩個人，敵人又是用什麼法子，使得包圍在大廈四周圍的警員沒有發現？這個問題，木蘭花覺得絕不是她如今的環境所能夠解決得來的。是以她將這個問題擱了一擱，暫時不去想它。

接下來該想的問題自然是：自己在什麼地方？

這個問題，是早已有了答案的了，那答案便是：這裡是敵人的總部，真正的總部，而且一定是在十分冷僻的海邊上。

再接下來的問題是：自己有沒有可能逃出去呢？

這個問題，並不是靠坐在那裡想，就可以想出來的，必須去找尋出路，是以木蘭花站了起來。

那岩洞乍看一眼，幾乎是沒有出路的，但是仔細觀察起來，卻可以發現有一處地方，石質的紋路和其餘各處是不相符合的，毫無疑問，那是一扇石門了。

木蘭花來到那扇門之後，側耳向外聽了一聽，什麼也聽不出來，她取出了一個膠塞也似的東西，那是微聲波擴大儀。

她將那膠塞貼在石門上，又從「膠塞」的後面，拉出了一條極細的金屬線來，塞入耳中，那樣，她就可以聽到外面的聲音。

她立即聽到有幾個人在門外走過的腳步聲。同時，她聽得一個人在道：「這是怎麼一回事？這是柏克部長啊，我們已和他們鬧翻了麼？我們一直是受他們支持的啊。」

另一個人則道：「少廢話，小心受到懲罰。」

木蘭花本來還可以再向下聽去的，但是就在此際，岩洞的頂上忽然傳來了一個十分響亮的聲音，道：「你們在受囚禁中，居然還想竊聽外面的動靜，你們將受到一小時噪音的懲罰！」

木蘭花剛抬起頭來，想去尋找聲音的來源，但噪音已經來了。

穆秀珍本來是躺在床上的，噪音一傳了出來，她整個人直跳了起來，這實在是使人無法忍受的聲音，而且是如此之響！

那聲音聽來，像是有千百個人一起直著喉嚨在尖叫一樣，而且，尖叫聲是如此之銳利，簡直可以將一個人撕裂了開來！

木蘭花看到穆秀珍面上現出了異常驚恐之色，她心知在那樣的情形下，如果一時抵受不住，可能會成為精神錯亂的！

是以她立時奔了過去，這時，整個岩洞中充滿了震耳欲聾的怪聲，彷彿空氣也全被這種聲音擠走了，令得人要不由自主張大了口喘氣。

木蘭花奔到穆秀珍的身邊，她完全無法勸慰穆秀珍，因為她就算開口，穆秀珍也是絕對沒有法子聽得到她的聲音的。

她作了一個手勢，令穆秀珍安定下來，不要慌張。而穆秀珍的回答，卻是抱住了木蘭花，身子不住地在發著抖。

當噪音才開始的五分鐘，是她們最痛苦的時候，五分鐘之後，她們已能漸漸地鎮定心神了，她們在以前也有過一次相仿的經歷，但上次的經歷更可怕，因為上次那種尖銳的聲音，音波的頻率之高，是人的聽覺神經所不能忍受的！

那種令人的聽覺神經不能忍受的聲音，是可以制人於死地的。但如今的噪音雖然令得她們頭脹欲裂，總算只是一種「懲罰」，是可以忍受得過去的。

十分鐘之後，穆秀珍鬆開了木蘭花。

三十分鐘之後，突然地，噪音停止了，一切靜了下來，剎那之間變得如此之靜，使得她們的雙耳反倒發出了一陣「嗡嗡」的聲音。

剛才，在岩洞之中，充滿了尖銳的聲音之際，木蘭花是完全沒有法子思索的，這時，噪音一消失，一靜了下來，木蘭花的思考能力立時恢復了。

她立時想起一個名字來，這個名字是她剛才用微聲波擴大儀聽來的！柏克部長。這個名字，木蘭花是十分耳熟能詳的。

這是一個國家的情報部長！

木蘭花在被囚禁之前，已然聽到了這個國家將發動進攻的謠言，那麼，暴亂和這個國家應該是有關連的了，何以剛才似乎聽到，柏克部長反而像是處境不十分好呢？那麼，這裡又是什麼地方呢？

這實在是十分令人疑惑之極的事。

木蘭花正在想著，已聽得岩洞頂上傳來了「嘿嘿嘿」三下冷笑聲，接著，一個陰森的聲音道：「兩位好，我早已警告過你們不可插手，你們不肯聽，如今可以說是自取其辱了！」

這聲音，木蘭花和穆秀珍兩人都是熟悉的。她們是在警局的特別審訊室中，那個「盒子」中聽到過的，毫無疑問，是暴亂的主使者，這個犯罪組織首腦人的聲音。

木蘭花冷笑一聲道：「你別得意太早了。」

那聲音又哈哈地笑起來，笑得穆秀珍握著雙拳，對聲音的來源怒目而視！

A一號在等了好一會之後，道：「你們是囚犯，我身邊有七枚按鈕，也就是說，只消按動鈕掣，可以有七種方法，取你們性命！」

木蘭花向穆秀珍作了一個手勢，因為她看出穆秀珍想要破口大罵，而在如今這樣的情形下，對A一號罵上幾句，事實上是一點用處也沒有的。

她在作了一個手勢之後，用十分安詳的聲音道：「那麼，先生，你為什麼不按其中的一枚按鈕呢？」

木蘭花這時用這樣的話去刺激Ａ一號，實在是十分危險的，但是，木蘭花甘冒這個危險，卻也是有著她的作用的：第一，從對方對她這句話的反應中，她可以揣知對方究竟要怎樣對付她。其次，她也可以從對方行動中，估計對方的為人！

木蘭花的話才一出口，只聽得屖頂的傳音器中，傳來了三下十分冷森的陰笑，一聲炸裂的聲音，在她們兩人對面約十呎處傳了開來，一塊突起的石頭突然炸裂了開來。

光是那塊石頭炸裂的威力已然是十分駭人的了！而在石頭炸裂開來之後，她們所看到的東西，卻更令得她們兩人吃驚！

那是一挺保養得極好，烏光錚亮的機關槍！

在那挺機槍下面，有一個座，機槍的座在旋轉著，很快地，槍口便對準了她們，在槍口對準了她們的時候，竟停了下來。

木蘭花和穆秀珍兩人，都不由自主深深地吸了一口氣。

這挺機槍，顯然是受無線電按鈕控制的，也就是說，只要那和她們講話的人一按鈕的話，無數子彈就會射出來的！

而在如今這樣的情形下，她們既沒有反抗的餘地，也沒有躲避的可能，她們兩人更緊緊地握住了手！

機槍的槍口指著她們，足足有三分鐘之久，才隨著自洞頂傳來的一下冷笑聲而轉了開去。

槍口才一轉開，驚心動魄的槍聲便傳出來了，火舌自槍口處狂噴而出，子彈呼嘯向前，在她們兩人的身邊掠過，射在岩洞上，射得岩石四下亂飛。在岩洞中聽來，槍聲更是震耳欲聾，撼人心魄！連木蘭花那樣鎮定的人，這時也不禁俏臉發白！

槍聲足足持續了一分鐘，才陡地停了下來。

在槍聲停下來之後，槍口又緩緩地側轉了過來，仍然對準了她們，這時，A一號的聲音才再度傳出，道：「你們相信了麼？」

A一號說他有七種方法，可以殺死被囚在岩洞中的俘虜，這一點，木蘭花是早已相信了的。木蘭花剛才那樣說，並不是表示不相信，而是想知道對方的為人和她自己的處境。

如今，她總算有了答案。

她的答案是：那是一個十分凶殘的人，說得出，做得到，而且他十分衝動，在盡可能的範圍內。最好不要去得罪他。

但是，木蘭花卻也知道，她和穆秀珍兩人暫時是沒有生命威脅的，因為對方只是在威脅她們，而不是使子彈直接射進她們的體內！

木蘭花轉頭向穆秀珍望了一眼，穆秀珍的神態十分安詳，只不過臉色看來蒼白些，這令得木蘭花十分快慰，因為穆秀珍也在進步。

木蘭花想了一想，道：「我們相信了。」

Ａ一號得意地笑了起來。

木蘭花又道：「那麼，你將我們囚禁在這裡，究竟是為什麼？我們可以當面和你談一談麼？」

「不能！哈哈，木蘭花，別人會上你的當，我不會！」

「笑話，當面談話，怎說得上什麼上當不上當？」木蘭花輕描淡寫地刺激著對方，「除非是你怕我們兩個人，是不是？」

Ａ一號又桀桀地笑了起來，道：「不論你怎麼說，我都不會上當的，你們將一直被困在這個岩洞之中，一行一動都受著監視，我會和你聯絡，但我們卻是通過科學的儀器而和你聯絡，我絕不會和你面對面，你可以說是我怕你，但是我卻絕不會給你機會！」

那一番話，令得木蘭花心中暗暗吃驚。

6 另有乾坤

木蘭花認為，她對敵人的估計，有修正的必要了。因為從這一番話聽來，對方不但是一個狠毒的人，而且城府還十分深，並不容易被輕易激怒，這是一個十分難以應付的勁敵！

而且，木蘭花也考慮到，自己和穆秀珍如果一直被困在這個岩洞中，那麼的確是沒有機會可以逃得出去的！

因為她們兩人在岩洞中的一行一動，全受著監視，她們根本沒有何機會有所行動！而敵人又避不見面，自己究竟應該怎樣辦呢？

在木蘭花沉思的時候，A一號一直在發出極其難聽刺耳的笑聲，他足足笑了好幾分鐘，才又道：「好了，這次談話，就到這裡為止，到你們想通了，你們是處在絕對的劣勢之下，我也會再和你們聯絡的！」

講完了這句話之後，岩洞之中重又寂然了。

木蘭花背負著雙手，緩緩地踱著步，看來，她像是一籌莫展，在團團亂轉，但實際上，她這樣的踱步，卻是有計劃的。

她是在漸漸地接近那挺機槍！

那挺機槍設在岩洞的中央，槍口旋轉，子彈可以掃射到岩洞的每一個角落，也就是說，她們想要有所行動的話，首先得先解決這挺機槍！

木蘭花當然不是立即就想有所行動，但是她心中已有了一個計劃，她至少要察看一下，她自己的計劃是不是可以行得通！

她裝著若無其事地踱到了那挺機槍的附近，低著頭，但是目光斜睨著那挺機槍，她才看了一眼，心中不禁感到了一陣高興，她的計劃是可以行得通的。

那挺機槍，是固定在一個水泥座上的，這個圓形的水泥座，有一個軸承，可以轉動，機槍的槍機上，則連著一個金屬鉤子。那個金屬鉤子，就是接受無線電控制，可以使機槍自動發射的裝置。

更令得木蘭花高興的是，機槍的子彈十分多，有整整一箱！

這一挺安置在岩洞中心，可以自動旋轉，自動發射的機槍，可以控制著岩洞的每一個角落，對於被困在岩洞中的人而言，應該是一個致命傷，一般人總是想到如何去遠遠地離開它，不給它射中，但是膽大心細的木蘭花，卻反而去接近它，想到了利用它的計劃！

木蘭花並未曾在機槍旁邊逗留多久，因為如今還不是她的計劃發動的時候，她的行動，不能使人起疑，她又慢慢地踱了開來。

穆秀珍仍然站在原地，她當然可以知道，木蘭花慢慢地踱了開去，絕不是在踱步那樣簡單，但是她卻也絕想不到木蘭花心中的計劃的。

木蘭花回到了她的身邊，低聲道：「秀珍！」

穆秀珍連忙低聲答應了一聲。

「秀珍，」木蘭花的聲音，低沉而嚴肅，「剛才那人說，有七種方法可以致我們於死命，除了這挺機關槍之外，你看還有些什麼方法？」

穆秀珍瞪大了眼，搖了搖頭，道：「我不知道，可能是飛刀，毒氣呀，或者放出兩條大鱷魚來，將我們連皮帶骨，一起吞了下去！」

木蘭花笑了起來，道：「秀珍，那麼我再問你，這六種可以致我們死命的東西，是藏在什麼地方，你可看得出來？」

穆秀珍仍然不怎麼明白木蘭花這樣問她是什麼意思，所以她搖了搖頭。

木蘭花又低聲對穆秀珍道：「我想，這挺機槍，本來是隱蔽在一塊石頭之下的，那塊石頭，當然不是真的石頭，而是顏色和岩石一樣的一種塑料，用這種塑料製成罩子，將機槍罩著而已，我相信其他六個裝置，一定也有同樣的罩子罩著的。」

穆秀珍變得興奮起來，可是，她隨即又洩了氣，指著洞中許多大大小小的石塊，道：「這裡有那麼多石塊，我們怎知道哪一塊的下面才是有機關的？而且，知道了又有什麼用？」

木蘭花笑了笑，道：「這一點倒不用你擔心，你只要在我採取行動的時候，緊緊地跟在我的背後，切不可亂走一步就行了！」

穆秀珍不由自主地大聲叫了起來，道：「行動，你準備——」

可是，她才叫到這裡，便猛地想起自己是不應該這樣大呼小叫的，是以她連忙又壓低聲音，道：「你準備怎樣行動，蘭花姐，你千萬告訴我！」

木蘭花的面色一沉，她面上的神情，在剎那間也變得非常之嚴肅，她道：「秀珍，你別問，你只要記得我剛才的話就行了！」

穆秀珍扁了扁嘴，當然，她的心中十分不樂意，然而木蘭花所講的話，語氣如此凌厲，這卻也令得穆秀珍不敢持相反的意見。

她十分委屈地點頭道：「我知道了。」

木蘭花不再理她，坐了下來，低著頭，雙手托著額角，這時候，她正在小心地，重複地檢查著她自己所定下的行動計劃。

還有六個可以致她們於死命的裝置是什麼，木蘭花還不知道，但是，那六處機關是被藏在什麼地方，木蘭花卻已知道了。

木蘭花知道這些，可以說是Ａ一號告訴她的。

因為若不是Ａ一號要耀武揚威，將那石塊的罩子炸裂，露出了那挺機槍來的話，木蘭花根本想不到岩中的石塊有真有假，而假石塊之下，卻另有乾坤。

等到木蘭花知道了這一個秘密時，她要分辨何者是真石塊，何者是假石塊，那就不是難事了。

當然，那也是細心觀察的結果。

因為木蘭花在一恢復了知覺的時候，就看出這個天然的岩洞，全是一種水成岩，而整個岩洞中的岩石，卻有著向同一方向伸展的裂皮和花紋，木蘭花首先根據了這一點，認出了一扇被裝得十分巧妙的門，她曾在門前，聽到了一段她不瞭解內容的對話。

這時，她根據同樣的道理，也認出了六塊裂紋和花紋不同的石塊。這六塊石塊全是差不多大小，分佈在岩洞的各個角落。

毫無疑問，這六塊並不是什麼石塊，而只不過是十分像石塊的罩子，在那些罩子之下，則是受無線電控制的殺人武器！

木蘭花的計劃就是：以迅雷不及掩耳的速度，先控制那挺機槍，這並不很難，她只要伏在槍上，拉下那一個金屬鉤子就可以了。

然後，她便用機槍掃射那六件致命的武器，再然後，掃射在洞頂的電視攝像管，逼對方出面和她們相見，那麼，就有機會脫險了。

當然，這只不過是她的計劃，要實行起來，還有許多的困難，所以她一定要限制住穆秀珍的行動，因為她的計劃一開始付諸行動，就要在極短的時間內，以機槍掃射全洞，那時候，子彈橫飛，全洞裡也只有她的身後才是最安全的地方了。

木蘭花足足考慮了十分鐘之久，才抬起頭來，向穆秀珍使了一個眼色，穆秀珍立時會意，慢慢地走了過來，跟在木蘭花的後面。

木蘭花再次向她認定的六塊假石看了一遍，這是十分重要的，因為她如果認錯了一個目標的話，那麼敵人就能利用未被摧毀的目標來向她還擊了，而對方根本不必現身，所以，只要給對方有了機會的話，她就一定會喪生在這個岩洞之中的。

這是生死決於一線的一剎那！木蘭花的心中開始緊張起來。

但是，從外表來看，就算有人站在她的對面，也絕不可能想到，一個內心如此緊張，已有了行動的決心的人，在面上的神情會如此安詳。

她慢慢地踱著，先向岩洞一邊踱去，然後，才漸漸地轉身，向那挺機槍走去，穆秀珍十分聽話，一直跟在她的後面。

在到了離開那挺機槍還有六七呎的時候，木蘭花低聲道：「秀珍，向前跳！」她話一說完，已突然向前跳了出去。

她是身子躍起了三四呎高下，向前跳了出去的，她剛一跳出，便聽得頭頂的擴音器中，傳來了一聲大喝，道：「你做什麼？」

可是，木蘭花的動作更快，她身子還未落地，雙腳飛起，已向那個金屬鉤子踢去，這時，機槍的槍口已突然向她轉了過來！

也就是說，如果她一腳踢不開那個鉤子的話，子彈就要向她射來了！

但是木蘭花在踢出這一腳的時候，卻是看得十分準，「啪」地一聲響，那機槍機槍機上的金屬鉤子已被踢下來了！

她計劃的第一步已成功了！

她一聲大叫，道：「跟在我的後面！」一面叫，一面木蘭花身形已然下落，伏到了機槍之上，一伸手，拉斷了控制機槍旋轉的電線，轉動著機槍，向她早已認定了的六個目標，掃出了數以百計的子彈，剎那之間，岩洞中除了驚心動魄的槍聲之外，什麼別的聲音也聽不見！

只不過三十秒鐘，木蘭花的計劃便已全部完成！

當她停止掃射的時候，她才聽得擴音器中傳來了驚惶的叫聲，一個人在叫著：「Ａ一號，Ａ一號，囚禁木蘭花的岩洞中出了事故了！」

木蘭花豎起機槍，又射出了幾十發子彈。

電視攝像管和傳音系統也全遭摧毀了，由於她開始行動以來，一直沒有聽到穆秀珍的聲音，心中不免有點擔心，正待轉過頭去時，穆秀珍已發出了一下歡呼聲來！

她奔到了木蘭花的身邊，雙手攬住了木蘭花，叫道：「蘭花姐，你真了不起！」

木蘭花道：「別高興得那麼早，別忘了，我們還被囚禁著，而且，憑一挺機關槍，我們只怕難以衝出這個岩洞去的！」

穆秀珍翻了翻眼睛，她雖然沒有說什麼，但是木蘭花卻可以知道，她的心中一定是在問：既然這樣，我們剛才那樣冒險作甚？

木蘭花輕哼了一聲道：「秀珍，我希望——」

她話才講到一半，便聽得石門之外響起了一陣怒吼聲，緊接著，便是「砰」地一聲響，那一下聲響之劇烈，令得她們的耳膜盡皆震動了起來。

木蘭花連忙向穆秀珍作了一個手勢，穆秀珍一躍向前，在機槍的後面伏了下來，木蘭花將機槍的槍口，對準了石門。

也就在此際，隨著那一聲巨響，石門被打開了。

在這樣的情形下，對方居然會立即打開石門，這倒是有點出乎木蘭花意料之外，因為她有著一挺機槍，扼守著岩洞，不論對方有多少人，都是難以衝得進來的，而木蘭花卻可以高興如何掃射便如何掃射！對方何以竟會如此之笨呢？

木蘭花在門一打開之後，立時向前望去。

只見一輛如同摩托車也似的車子，正自遠而近疾駛而來，停在石門口，那輛車子的前面，有一塊高約六呎，成半圓筒形的玻璃。

在那塊玻璃後面，是一個面目陰森的中年人。

這時，他陰森的臉容上滿是怒容。

當車子停在洞門口之後，只聽得他厲聲道：「木蘭花，你這算什麼？」

木蘭花的身子仍然躲在機槍之後，這時，她的心中又不覺緊張起來。剛才在石門陡然打開之際，她以為對方的行動愚蠢，自己是佔盡了優勢的，然而如今看來，情形顯然不是那樣！

她的估計錯誤了！

那半圓筒形的玻璃，當然是防彈玻璃，而那輛車子的車頭，卻有一排幾個圓孔，這種圓孔，一望而知是可以發射火箭的！

木蘭花和穆秀珍雖然有一挺機槍，但是她們在岩洞中心，僅僅是半伏在地下，是一點遮蔽也沒有的，在這樣的情形之下，她們等於是赤手空拳一樣！

正當木蘭花想到了這一點時，怒氣沖沖趕到的A一號已然厲聲喝道：「站起來，將雙手放在腦後，向洞外走出來，你們必須受到加倍的懲罰！」

木蘭花的身子震了一震，但她並未站起來。

穆秀珍大聲道：「放屁，你有乾坤，我有八寶，我們的這挺機槍，難道是假的麼，你將手放在腦後，走進洞來，我們好好地談談！」

A一號獰笑了起來，他的手拍在他面前的那塊玻璃上，道：「你們不妨試試，來啊，射上幾發子彈，試試我這塊不碎玻璃的防彈程度！」

木蘭花的手扣在機槍上，但是她卻並沒有向下扳去。

穆秀珍大聲道：「試就試！」她一面說，一面陡地伸出手去，將機槍向後陡地一拉，一陣令人心驚肉跳的「軋軋軋軋」聲過處，至少有二十發子彈呼嘯著向前射去！

那約二十發子彈射在半圓筒形的玻璃上，一起迸射了開來、玻璃上連一絲裂縫也沒有，當槍聲消失之後，代之而起的，又是Ａ一號凌厲的笑聲。

他笑著，又高叫道：「我限你們在十秒鐘之內，將手放在腦後，給我走出洞來，聽到了沒有？十秒鐘！」

木蘭花也笑了起來，道：「慢一點，不要心急，你大概就是Ａ一號了，是不是？如果你可以威脅我們的生命，我們當然會照你吩咐做的！」

「如果我可以威脅你們的生命？」Ａ一號怪笑了起來，「告訴你，我車頭可以放射幾枚火箭，如果一起施放，可以將整個山洞一起摧毀！」

「我相信。」木蘭花的聲音很安詳，「但是，我也要提醒你，你面前的玻璃，的確有著極高的防禦性能，但是，你車頭的火箭發射孔，卻是在這幅玻璃之外的！」

Ａ一號的面色變了一變，在他臉上那種極其囂張的神態也望不到了，只見他張開口，像是要講什麼，但是卻又未曾發出聲來。

木蘭花繼續道：「剛才那幾十發子彈並不是我射出來的，如果是我射的話，我一定瞄準你車頭的火箭發射口，我想，可能引起爆炸的，是不是？」

木蘭花的話剛一講完，Ａ一號的那輛車子，已突然向後退了出去，同時，「砰」地一聲巨響，石門又已緊緊地關上了！

木蘭花鬆了一口氣，穆秀珍卻頓足道：「蘭花姐，為什麼你只是講，卻不真的用機槍掃射他車頭的火箭發射口？現在，我們又被關住了！」

「你別將事情看得太容易了，你大概未曾注意，門外的隧道轉角處，有好多槍口對準著我們，就算我們毀了A號，毀了那輛車，」木蘭花搖頭苦笑了一下，「只怕也是逃不過去的，還是維持著現在這樣的情形，來慢慢設法的好！」

穆秀珍當然是不同意這樣做法的，她咕噥著道：「可是我們又給人家困住了，如果他們一直不再出現，我們豈不是會餓死！」

木蘭花皺了皺眉，穆秀珍所講的雖然是氣話，但是倒真是有這個可能的。她四面一看，看見岩洞有一處，有一股細得像線一樣的泉水在淌下來，她又問道：「秀珍，你鞋跟中的濃縮營養劑在不在？」

「當然在。」秀珍翹起腳，移開鞋跟，取出了一個膠袋來，那膠袋之中，有著十二粒黑色的藥丸，「我們要用到它們麼？」

「極可能要，你看，那邊有泉水，也就是說，我們在這裡就算一味困守，也可以守上十二天到半個月左右的時間了。」

穆秀珍哭喪著臉道：「可是……這種丸子只能維持生命，卻不能真正填飽肚子的啊，如果我們真半個月出不去的話……」

不等她講完，木蘭花已經叱道：「少廢話了，這藥丸有著麻醉作用，是可以將胃部因饑餓而發生的痛苦，減至最低程度的！」

穆秀珍不敢再說什麼，木蘭花站了起來，但是她仍然吩咐穆秀珍伏在機槍之旁，槍口仍然對著石門，木蘭花則來到了石門之前，仔細地看了一遍。

石門和岩洞配合得十分巧妙，而且剛才一開一闔間，都未見有人在門旁，那麼，這扇門顯然是用電來控制的了。

要打開這樣的一扇門，可不是易事，木蘭花心中暗忖，要是有一些炸藥就好了，她就可以製造一場爆炸，將門炸開來。

一想到炸藥，木蘭花的心中陡地一動，她想起了剛才被她摧毀的那其他六個可以使岩洞中的人死亡的裝置，其中是不是會有些炸藥呢？

木蘭花一想及這一點，連忙向前走去，第一塊假石上的東西，究竟有什麼作用，已然無法查究了，因為它被破壞得相當厲害，只剩下一堆殘破的齒輪。接下來，一連三塊假石之下的，全是機槍，這三挺機槍，也被破壞了，第五塊假石下，是兩罐長形的鋼罐，一望而知，是裝著壓縮氣體的。

這兩個鋼罐並沒有被子彈射破，十分完整，木蘭花拿起其中的一個來，看了一看，心中不禁暗叫了一聲，「好險！」

那是兩罐極毒的毒氣！幸而子彈未曾使鋼罐爆裂，要不然毒氣迷漫開來，她們一定已經中毒了。

木蘭花又小心翼翼地將之放了下來，再去看第六塊「石塊」。

那塊「石塊」下面，是一堆雜亂的電線，也不知道原來有什麼用處，第七塊「石塊」之下，卻是一排十分鋒利的利刃，並沒有木蘭花想要的炸藥。

木蘭花輕輕地嘆了一口氣，她繼續在岩洞的四處尋找著，希望在那石門之外，另外可以尋到一處走出岩洞的地方去。

然而，她卻發現那是一個別無道路的天然岩洞。

最沒有辦法對付的就是天然岩洞了，岩石可能有好幾百呎厚，有什麼方法可以穿透過去？

她唯一的出路，就是那扇石門，可是如何才打得開那扇石門呢？石門有半呎多厚，就算不斷用機關槍來掃射，也是不中用的。

那麼，又有什麼別的法子呢？

A一號在被嚇退了之後，一定惱羞成怒，會將自己長期地禁錮在這裡，自己若是不設法逃出去，那，當真是死路一條了！

木蘭花的心中實在亂得可以，她不住地來回地踱著，偏偏穆秀珍又忍不住了，道：「蘭花姐，我們有什麼辦法出去？」

穆秀珍的問題，令得木蘭花更加心煩，她哼了一聲道：「我想不出有什麼辦法來，我們唯一出路是那扇門，如果我有一定數量的炸藥，或者可以炸開門來，否則，我們只好在這裡等著，等到敵人再來和我們見面，我們是完全被動的。」

穆秀珍睜大著眼睛，雙手握得緊緊地。她的心中在想，如果有炸藥，可以將門炸開來，那實在太痛快了，可惜又沒有炸藥，到什麼地方去弄一定數量的炸藥來呢？

她雙手在機槍上無意地移動著，突然，她右手碰到了一粒一粒整齊地排列在子彈帶上的子彈，她的心中陡地一動。

「蘭花姐！」穆秀珍突然叫了起來，「我有炸藥了！」

木蘭花沉聲道：「別胡說！」

穆秀珍指著機槍子彈，道：「蘭花姐，子彈，每一顆子彈中都有炸藥的，這裡有上千發的子彈，我們可以拆出大量的炸藥來！」

在那一剎間，木蘭花心中的高興，實在是難以形容的！

木蘭花之所以如此高興，並不是因為她們有炸藥了，因為有了炸藥，至多不過炸開那扇石門來，炸開了石門之後，還不知有多少問題要去解決！

而木蘭花卻又是真正地高興，她高興的原因是：這個辦法是穆秀珍想出來！

她忙道：「秀珍，這辦法太好了，實在太好了，你真了不起！」

穆秀珍從來也未曾受過木蘭花那樣的稱讚，她的臉漲得通紅，可見她的心中也是高興到了極點，她笑著道：「蘭花姐，你太誇獎我了！」

木蘭花在機槍旁蹲了下來，取下一發子彈，小心翼翼地拆除著彈頭，這個動作必須十分之小心，不小心是會引起爆炸的。

然後，她傾側彈殼，倒出了炸藥。

她所得到的炸藥十分少，但是木蘭花和穆秀珍兩人卻充滿了信心，因為機槍的子彈十分多，只要有足夠的時間，她們一定可以儲集到相當數量的炸藥的。

她們不斷地拆除子彈的彈頭，她們工作得如此之用心，以致她們根本不知道自己在這個岩洞之中，究竟過了多少時間！

7 天大笑話

高翔躺在椅上，望著蔚藍的天。

可是，他躺下才半分鐘，便又嘆了一口氣，坐了起來。

木蘭花音訊全無，已有許多日子了，前幾天，為了一連串人為的暴亂，他日以繼夜地忙著，心中的記掛，憂慮也被沖淡了些，但如今，暴亂分子大部分已被捕獲，滿天飛的謠言也沒有人再去相信，市面已漸漸恢復了安定之後，高翔卻憂心忡忡起來了。

木蘭花失蹤之後的遭遇如何，他甚至可以說一點消息也得不到，這是以前從來沒有發生過的事情，高翔最擔心的是：木蘭花是不是已遭到了不測呢？

在他的心中有著這樣牽掛的情形下，他實在是無法平靜地躺在椅上，他坐了起來之後，雙手緊緊地握著拳，心中十分痛苦。

他心中最大的痛苦，是他對木蘭花的失蹤一事，一點力也出不了，木蘭花就算沒有遭到不測，也一定極需要幫助，但是他卻無法給木蘭花任何幫助！

因為他連木蘭花在什麼地方都不知道！

高翔除了嘆氣之外，一點別的辦法也沒有。

他站了起來，在花園中來回地踱著步，木蘭花所喜愛的那些玫瑰花，這些日子來因為無人照料，而變得有些枯萎了，令得高翔看了之後，覺得心頭更加沉重，他又長長地嘆了一口氣。

可是，就在此際，他突然聽到了一陣門鈴聲！

高翔陡地一呆，抬起頭來。花園的鐵門之外，站著一個人。

那人的衣著十分華貴，而且就在他的身後不遠處，停著一輛很華貴的車子，一個穿司機制服的司機，端正地坐在司機位上。

高翔嘆了一口氣，居然還有人來找木蘭花！

他走到門口，也不打開鐵門，只是略帶抱歉地道：「你來得不是時候，先生，這裡的主人……主人已很久不在家中了。」

出乎高翔的意料之外，那衣飾華貴的中年人笑了一笑，道：「這是我早已知道的，高先生，我也不是來找她們，而是來找你的。」

高翔陡地一怔，他立即知道這中年人並不是什麼普通人了。

可是，他還沒有再開口，那中年人已笑了起來，道：「高主任，你不必面色大變，我帶來的，正是她們兩人的消息，我想你一定十分樂於知道，你可能請我進去麼？」

高翔猶豫了一下，道：「你是誰？」

「這不必多問了，我當然是你的敵人！」

高翔悶哼了一聲，他心念電轉，在思索著如何應付這個不速之客，那中年人已笑了起來，道：「但是，你不必緊張，敵人和敵人之間，也有許多種鬥爭的方式，有無賴流氓的死纏活打，也有在會議桌上彬彬有禮的談判，我們大可採取後一種辦法的，是不是！」

高翔不再說什麼，他打開了鐵門。

那衣飾華貴的中年人，向花園內走了進來。

在那中年人走進來的時候，門外傳來汽車引擎發動的聲音，高翔抬頭看去，看到門外的那輛車子，轉了一轉，變成了車頭對準了花園。

高翔一見到這等情形，心中不禁感到一股寒意，他到這裡來，是沒有人知道的，而木蘭花和穆秀珍兩人又不在，如果對方要對他不利，那麼，他是處在劣勢的環境之中的！

高翔一想到這裡，連忙向後接連退出了幾步，同時，右手伸入袋中，握住了槍。

那中年人對於高翔的一切動作，像是根本未曾看到一樣，他一面向前慢慢走來，一面道：「多精緻的一個小花園啊！」

他停了一停，又道：「可惜，可惜乏人照料，許多名貴的花卉已經枯萎了，你看這兩盆荷蘭鬱金香，只怕種不活。」

「先生，你到這裡來，不會是來和我討論花卉的吧？」

「當然不，只不過我是一個蒔花的愛好者，看到了這種情形，心有不忍而已。」那中年人一副有恃無恐的樣子，在講話之際，還指手畫腳，裝模作樣地。

「高先生，我到這裡來，是和你來談談木蘭花和穆秀珍兩位小姐的安全問題的！」

高翔陡地跨前一步道：「她們在什麼地方？」

「她們在太平洋中的某一個小島之上，」中年人在花壇的石基上鋪下了一條手帕，坐了下來，並且擱起了腿，「那是我們黨的總部。」

「什麼黨？」

「你可以稱之為秘密黨。」

高翔「哼」地一聲道：「那是什麼玩意兒？」

「不是什麼玩意兒，而是一個有著堅強的支持，有著一個極精彩的領導者的組織，我們不發動事件則已，一發動，便是轟動世界，而且是穩操勝券的。」

高翔真想衝上去狠狠地打他兩個耳括子，但是他強忍了下來。

那中年人笑道：「譬如這次暴動，是不是夠精彩了？我們黨在這次事件中，在金市和股市上所得的利益，已經超過了一千萬元，暴動當然失敗了，但我們成功了，一大批被收買的暴徒坐了牢，但這於我們一點也沒有關係，哈哈！」

高翔在心中暗嘆了一口氣。

高翔的嘆息是，他感到似乎世界越是進步，犯罪分子的腦筋也越來越卑下了，從打家劫舍的強盜，到如今像秘密黨那樣，製造暴亂，破壞百萬人以上的和平生活，而他們則在幕後生事，從中取利，從這樣的情形看來，世界究竟是進步了，還是後退了？

秘密黨的這個大規模的犯罪計劃，在犯罪者的立場上而言，實在是無懈可擊的，因為不論暴亂是否成功，他們都可以從中取利。

這可以說是一項十全十美的犯罪計劃！

而且，秘密黨還有了額外的收穫，他們擄走了木蘭花姐妹，正如那中年人所說，這又是一件震動世界的重大事件！

高翔沉聲道：「不必廢話了，你有什麼證據，證明木蘭花和穆秀珍兩人是在你們的手中，而且是受你們控制的呢？」

「這個，我當然可以提供充分證據的，我有一卷電影，我相信在蘭花小姐的屋中，一定有電影放映機的，我們可以一起欣賞一下這段影片，這段影片大約可以放二十分鐘左右，高先生，看不看？」

那中年人向門外招了招手。

車上的司機立時捧著一個影片盒，走了過來。

那中年人接過了影片盒，向高翔揚了揚，高翔忍住了氣，和他一起走了進去。木蘭花的放映機在什麼地方，高翔自然是知道的。

當拉下銀幕，將軟片放入了放映機之後，他回頭向那中年人望了一眼，那中年人揚起手來，作了一個開始的手勢。

高翔按下放映機的掣，輕微的「軋軋」機聲傳了出來，只見銀幕上出現的，是一個岩洞的外面，一扇石門，可以看到，那扇門是由一條隧道通向前去。

在隧道的轉角處，有兩個人隱蔽地伏著身，手中持著武器，這兩個人在銀幕的角落處，不是留心，是看不見他們的。

高翔呆了一呆，道：「這是什麼意思？」

「請不要心急，我必須先作一番解釋，那扇石門，你是看到的了，在石門之內，是一個十分大的天然岩洞，兩位小姐一到，就是被困在岩洞之中的，她們的一切行動，都受著監視，而且，在岩洞的中心，還有許多無線電控制的武器！」

那中年人講到這裡，忽然豎起大拇指來，續道：「木蘭花果然名不虛傳，她竟然能在這樣的情形之下，奪得一挺由無線電控制的機槍，擊毀了岩洞中的一切監視設備，取得了岩洞的控制權，以致我們只好在岩洞外面監視著她們！」

高翔的心中，感到了一陣高興！

但是，他知道，事情並未就此了結，木蘭花還被困在岩洞之中，而且，這中年人拿這段影片來給自己看，當然是由於他們已佔了上風的緣故！

高翔忍不住問道：「以後怎樣呢？」

「在木蘭花控制了岩洞之後，我們無法知道她們在岩洞中是在做些什麼，我們只好猜測，我們估計，她們將會設法離開岩洞。」

「當然會，她們——」高翔講到這裡，便未再講下去，因為在那片刻間，他想到了一個問題：木蘭花她們用什麼方法才能出這岩洞呢？

這時，銀幕上仍然是那扇石門，除了在石門前有幾個人在走動之外，只看到一個人用一具微音波擴大儀，在聽著岩洞內的動靜。

那中年人繼續說道：「一連三天，我們都無法知道——」

中年人才講到了這裡，高翔便忍不住怒吼了起來，道：「什麼？一連三天？難道在這三天之中，你們不曾以食物供應給她們麼？」

高翔的眼中幾乎冒出火來，他望定了那中年人。

然而那中年人的態度卻仍然十分安詳，他攤了攤手，作了一個無可奈何的手勢，道：「沒有辦法，誰敢開門啊？別忘記，有一挺機槍在她們的手中，我們一開門，豈不是成了活靶子？」

高翔憤怒地「哼」了一聲。

那中年人指著那個在石門外偷聽的人，道：「後來，我們利用了微音波擴大的儀器，聽到在岩洞中不斷傳來輕輕地敲鑿聲，高先生，你猜她們是在做什麼？」

「我怎麼知道！」高翔怒吼著。

「我們記錄了這聲音，加以研究，我們研究了一小時，便得出結論來了，她們兩人，是在拆除機槍槍彈內的炸藥，而當炸藥聚集了一定數量之後，便將石門炸開，向外衝出來！這實在是一個極好的計劃，時間過了三天，她們的計劃也可能就要實行了。」

那中年人講到了這裡，突然怪叫了一聲，伸手指向銀幕，道：「高先生，快注意，快看！」

高翔全神貫注地望著銀幕，突然之間，銀幕上的石門，出現了一道濃煙，那扇石門在搖動了幾下之後，倒了下來。

石門倒了下來之後，大蓬濃煙冒了出來。

那一陣濃煙，是如此之濃密，以致剎那之間，大約有半分鐘之久，一點別的東西也看不到，只看到濃煙——翻翻滾滾的濃煙。

半分鐘後，濃煙漸漸地散了，在濃煙之中，可以看到一條條連接不斷的火舌向外噴了出來，這種火舌，高翔一看到就可以看得出，那是機槍掃射所造成的。

接著，高翔又看到了穆秀珍和木蘭花！

一看到了木蘭花和穆秀珍兩人，高翔陡地站了起來，雙手緊緊地握著拳，他看清了，穆秀珍背著機槍，木蘭花伏在機槍之後，兩人一起衝了出來。

兩人的來勢是如此之猛，看來實在是沒有什麼人可以阻得住她們的，但是，當她們衝出了五六碼之後，她們前面的隧道上，突然降下了一道鐵網。

子彈射在那張網上，發出一團一團異樣明亮的火花來，一看就知道，那張鐵網是有高壓電流通的，而且，電壓非常之高！

這一點，也可以從子彈射上去，發出的大團火花，和並不能傷害到這張網這兩點上看出來的。

木蘭花和穆秀珍兩人突然地停了下來。

這張高壓電網的出現，顯然是在她的意料之外！

高翔的手心在出汗，不由自主地揮舞著拳頭。

這時候，銀幕上的情形又起了變化，只見一道一道十分勁疾的白色液體，向前直射了過來，穿過了那張高壓電網，射向木蘭花和穆秀珍。

高翔大聲叫道：「這是什麼？」

那中年人倒也沒有忘了回答，可是他的回答，卻是一點用處也沒有，他只是道：「別心急，你看下去就可以知道了！」

那股白色的液體，是自高壓電網之外射進來的，液體一射到高壓電網上，便化成了一蓬一蓬的白煙，透過了電網，向木蘭花姐妹逼近。

但是當白煙越湧越近的時候，她們卻不得不後退了，她們退到了洞內，但是由於那扇石門被炸得四分五裂，那個岩洞根本失去了任何掩蔽，是以白煙一直湧了進去，白煙越來越密，銀幕上只看到白煙。

然後，才又看到四個戴著防毒面具的人，手中持著一種十分奇特的儀器，向前緩緩地推進，他們手中的東西，有一個長長的柄，還有一個相當大的口子。

那東西像是吸塵器，而它們所起的作用，也和吸塵器相似，因為大量白煙已被吸進去，白煙漸漸地稀薄了，那四個人也進了岩洞。

在那四個人進了岩洞之後，白煙更稀薄了，不一會，所有的白煙都消失了，然後，又有兩個人，各提著一副擔架床，奔進岩洞去。

他們兩人奔了進去之後，便看到木蘭花和穆秀珍兩人被放在擔架床上抬了出來，兩人的頭偏向一邊，她們的雙眼閉著，口則微張，在銀幕上，可以清楚地看出，她們兩人的呼吸相當急促，而她們顯然是在昏迷狀態之中！

她們的手、足和頭部，都有熠熠生光的綢絲帶綁著，她們的身子，是被固定在那擔架床上的，四個人抬著她們兩人，奔了出來。

在銀幕上最後可以看到的，是有兩個人迎了上去。

那兩個迎了上去的人，只能看到他們的背影，但即使只看到背影，也已可以認出，其中的一個，正是坐在高翔身邊的那個。

電影放映機發出了「喀」地一聲響，自動停止了，軟片已然放完，銀幕之上，變成了一片空白，可是高翔卻還是僵直著不動。

他的雙眼，仍然定定地望著空白的銀幕。

這一卷影片，有可能是偽造的麼？那是絕無可能的，因為高翔看到的木蘭花和穆秀珍兩人，的確是在對方的手中之後，他自然再沒有什麼話可以說的了！

他盡量抑遏著心頭的沮喪，但是他一開口，他的聲音仍然十分乾澀，他道：「好了，我已相信了，你們的條件是什麼？」

「你問得很乾脆，我們的目的是金錢。」

「多少？」高翔不得不這樣問，雖然他覺得，如果要用錢來贖回木蘭花和穆秀珍兩人的活命，那簡直是天大的一個笑話！但是，這時除了問對方要多少錢之外，還有什麼辦法呢？

「我們這次製造暴動所得的利益，不如預期來得大，這使我們覺得十分遺憾，但幸而我們有意外的收穫，嘿嘿，我們的價錢是一千萬美金。」

高翔屏住了呼吸，一聲不出。

「一千萬美金，可以分期付款，分十期，每期一百萬美金，特別優待，不計利息，等到款項付足，她們兩人自然會回來的。」

那中年人輕鬆地點著腳，望著高翔。

高翔卻並不望他，只是望著自己的腳尖。

他的心中亂得難以形容，他知道，本市的市庫十分充盈，要拿出一千萬美金來，並不是難事，而那麼大的數目，除了市庫之外，是沒有任何私人可以拿得出來的。

可是，要市庫支付這樣一筆鉅款，一定要由市議會討論通過。

高翔知道，那一定是通不過的，儘管多少年來，木蘭花為本市市民不知立下多少功勞，但是人類的弱點，便是極度的自私，要撥出那樣一筆鉅款來營救她們兩人，這種提案，立時會遭到否決！

而且，高翔也不敢希望全市的輿論會贊成這件事，更可想而知的是，這件事提出來之後，木蘭花和警方許許多多的敵人，都將趁機大肆攻擊！

高翔的心頭，像是有一鍋滾油淋了下來一樣，他呆了許久，仍然只是嘆了一口氣。

那中年人卻已有點不耐煩地道：「怎樣？」

高翔又呆了半晌，才道：「我看……這是沒有可能的，沒有人拿得出這筆錢來，事實上，要市庫拿出這筆錢來，是不可能的。」

那中年人又「桀桀桀」怪笑起來，他的笑聲令人厭煩，可怖，笑了好一會，他才道：「高先生，那你未免太客氣了，你在投入警方之前做些什麼，我們是知道的，而且，木蘭花和穆秀珍兩人，全是身懷絕技，高來高去的人——」

那中年人講到這裡，高翔實在難以忍受下去！

他猛地跳前一步，雙手一起抓住了中年人胸前的衣服，將那中年人的身子猛烈地搖動，那中年人立時驚叫了起來。

高翔雙手陡地一鬆，但是他並不是就此算數，而是左右手齊施，猛地向對方拍去，那人的身子先向右一側，但是高翔右手的掌摑更加有力，所以那中年人的身子終於向左一側，「砰」地一聲，跌在地上。

那中年人跌在地上，一翻手，立時掣槍在手。可是高翔的動作更快，那中年人才掣槍在手，高翔手中的槍已然發射，子彈不偏不倚，正射在那人手中的槍上，使那人的手槍成了廢物！

那中年人憤然拋去了手中的槍，身子一挺，站了起來，他兩邊面頰極其紅腫，以致使他的眼睛變得如同陷在肉中一樣！

且他雙眼中冒出來的怒火，不比高翔的差些！

他「呼呼」地喘著氣，道：「高翔，你這樣做，你會知道有什麼後果的，如果你不向我道歉，一切嚴重的後果，要由你負責。」

「閉上你的鳥嘴！」高翔厲聲責斥，「你再多說一句，我立時先殺了你！」

那中年人的臉仍然一樣腫，但是卻不再紅，而變得十分蒼白，他的嘴唇抖動著，看來還想講些什麼，但是卻終於不敢出聲了。

高翔也一樣地喘著氣，他知道，自己如今就算真的打死了這個匪徒，對木蘭花和穆秀珍兩人的處境，是一點幫助也沒有的。

但是，他卻也更清楚地知道，就算他殺死了兩個匪徒，也絕不會使木蘭花和穆秀珍兩人的處境更壞一點的。

因為秘密黨既然已打定了主意要用木蘭花姐妹來換錢，不要說死了一個接頭的黨徒，就算死得再多些，秘密黨方面也絕不會為了替死去的黨徒報仇，出氣而放棄利益的。因為秘密黨根本是一個窮凶極惡的犯罪組織，在這樣的犯罪組織中，只知道勾心鬥角，爭權奪利，有什麼義氣可言？

高翔一想到這裡，他又連連冷笑了好幾聲，道：「你不必再多講什麼，老實說，你不是不知道，就算我將你打死了，你們的黨魁也絕不會傷害木蘭花姐妹的，你以為你們的黨魁會代你報仇麼？」

中年人的面色更難看了，他尷尬地笑了起來。同時，在他的喉間，也發出了一連串奇怪的聲音來，那種奇怪的聲音，倒像是有一隻青蛙在「呼呼」地叫著，顯然是他為高翔所懾，想講什麼又不敢講。

高翔笑著道：「你剛才的氣焰哪裡去了？」

那中年人的身子一軟，幾乎立時跪了下來。

這時，高翔一伸手，又抓住了他的身子，將他提了起來道：「你怕死，是不是？」

「你……你在開玩笑了，誰……誰不怕死？」

「你怕死，那你就將木蘭花和穆秀珍兩人是被囚禁在什麼島上，講給我聽！」高翔手中的槍向上揚了揚，槍口對準了他的額角。

「這……我是不能講的……」

中年人才講到這裡，高翔手中的槍已向前移近了幾吋，槍口就在他的雙眼之間，距離他的面門只有兩吋左右的距離。

高翔一言一頓地道：「我這柄槍是德製的軍用槍，殺傷力十分強，如果我在這樣近的距離開槍，朋友，你將會死得很難看了！」

8 誘敵之計

那中年人的身子，簌簌地發起抖來。

他抖得厲害的時候，幾乎額頭要碰上了高翔的槍口！

這並不是那中年人膽怯，實在，對著這樣的一柄槍，面對著這樣一個憤怒的人，有什麼人能夠不發抖呢？

「你不必害怕，」這時高翔已全然佔了上風，他冷冷地道：「講出來，只要你講出那個島的所在地來，那就可以——」

高翔只講到這裡，他的手槍突然揚高了幾吋，而且，他連續地扳著槍機，「砰」「砰」兩下響，子彈在中年人頭頂呼嘯掠出，射向房門，穿門而出！

緊隨著那兩下槍聲的，是兩下重物墜地之聲。

一點也不錯，是兩下重物墜地之聲，一下是在高翔身前發出來的。槍聲一響，那中年人的身子軟了，倒在高翔的腳下。

而幾乎是在同時，門外也傳來了一個人的倒地之聲！

高翔發那兩槍的目的，絕不是為了恐嚇在眼前的那個中年人，而是他聽到了門外有「喀」地一下輕微的聲響傳了過來。

那一下聲響極其輕微，不是細心，根本是聽不出來的，但高翔不但聽到了那一下聲響，而且立即認出，那是拉動槍機的聲音。

當高翔認出了那是拉動槍機的聲音時，他立即知道門外來了人，而且他立即知道，門外的那人，一定是那個司機。

是以他立時放出了兩槍，從門外有人倒地的聲音聽來，在門外的那人，一定已中槍倒地了。

高翔身子向旁跳了開去，準備去開門。

可是也就在那時，一陣槍聲自門外傳了過來，十七八發子彈向房內射了進來，高翔的身子連忙跌倒，向外滾去。

在那一陣手提機槍的聲音響過之後，又是「砰」地一聲響，高翔雖然伏身在房內，看不到外面的情形，但是，他卻也可想而知，那是怎樣的一回事了。

自己首先發出的兩槍，使門外那司機受了傷，跌倒在地，但是那司機卻負傷再站了起來發槍還擊，在還擊之後，他又跌倒了。

高翔再不猶豫，向著那人砰然跌倒時發出聲音的地方，又補了兩槍。在那兩下槍聲之後，一切聲音都靜止了下來。

高翔仍在地上伏了片刻，才在地上俯伏前進，到了門旁，他的身子慢慢地站了起來，從一個槍洞中向外面張望出去。

他看到司機抱著一挺手提機槍，伏在地上，身子蜷曲著，在他的背部有著兩個槍孔，從這兩個槍孔的部位來看，那人是早已死去的了。

高翔拉開了門，一躍而出，在那死者的身上踢了一腳，將那傢伙踢得在地上打了一個滾，高翔一伸手，拾起了地上的手提機槍來。

也就在這時，高翔又聽得室內傳來了「砰」地一聲響。

他連忙轉頭看去，只見那中年男子正想跳窗逃走，但是心慌意亂，卻踢翻了一張椅子。

高翔冷笑了一聲，道：「你想你的身子變成黃蜂巢？」

那中年人的一隻腳本來已經跨出了窗沿之外了，但是，高翔的那兩句話，像是具有一股無形的力量一樣，又將他的身子硬生生地從窗沿拖了回來。

「你已看到了，和你同來的人已經死了，你若是不想步他的後塵，就快回答我的問題，木蘭花和穆秀珍兩人是在什麼地方！」

「你，你……」那中年人喘著氣，「我是不同的，我在黨內有地位，你若是殺了我，不怕我們黨人向木蘭花進行報復麼？」

高翔哈哈地大笑了起來，道：「你別再做夢了，不論你在秘密黨中的地位多高，只要留著木蘭花可以得到利益，你妄想秘密黨會因為你而對木蘭花進行報復，那簡直是妄想！」

那中年人完全絕望了！他慢慢地向前走出了幾步，頹然地坐了下來。

那中年人坐下來之後，道：「我看你不必逼我，我講了，也是死，我如果不講，我看你不至於就這樣殺了我的。」

「在警方的保護之下，你可以不死的。」

那中年人懷疑地搖著頭，道：「你們能保護我？高先生，不是我不客氣地說一句，連木蘭花也成了俘虜，你們警方的保護力量……」

他講到這裡，停了一停，高翔不禁覺得十分狼狽。

高翔吸了一口氣，道：「為了救援木蘭花姐妹，我們必會動員一切力量，我們會要求國際上一切力量來幫助我們，你自己想，我們能不能成功？我們——」

高翔本來還想說：「我們一定能成功的。」

可是，他話還未曾講完，那中年人便苦笑了一下，道：「高先生，你們一定不能成功，你不要再威嚇我，我們不如切近實際地討論一下，看看在什麼條件之下，我才會將木蘭花的所在地講出來。」

那中年人顯然也不是等閒人物，因為高翔一連串的行動，已將他壓得抬不起頭來了，可是在幾句話之間，他卻又開始和高翔站在平等的地位，要和高翔談判了。

這是十分不容易的一件事，若不是有著過人膽識和相當的機智，是不能做到這一點的，高翔心中對他不禁有幾分佩服。

而且，高翔也自知，世界上如此之大，要毫無根據地去尋找木蘭花，那可能性實在是微乎其微的。而且，木蘭花和穆秀珍兩人既然是在匪黨的手中，隨時可能有危險，要去救她們，實在是刻不容緩的事情，絕對不能再多耽擱了。

他望了那中年人片刻，道：「好，你要什麼條件呢？」

「我的條件也不算苛刻，我可以將木蘭花和穆秀珍兩人的所在地講給你們聽，甚至我可以畫出一張簡單的地圖，指示你們如何去進攻，以及告訴你們那個基地上的實力，和你們在進攻時需要注意的事情。」那中年人講到這裡，略停了一停。

「你要一筆錢，是不是？」

「你錯了，錢我有，而且是極其安全地存在瑞士的銀行中，我不必親自去領，只消一個電話，說出我的存款號碼。他們就可以將我的錢轉到任何地方去的。」中年人回道。

「那你的條件是什麼？」高翔不禁有些奇怪。

那中年人站了起來，來回走了幾步，道：「我要活下去，而秘密黨組織十分龐大，不論你們採取的行動是如何有效，總有一些人漏網的，更有可能漏網的是首領A一號，而他們也必然知道洩漏秘密的是我，所以，我的條件就是要你們保障我的安全。」

「你剛才不是懷疑我們的力量麼？」高翔不客氣地說。

「是的，」那中年人竟然不怕得罪高翔，一口承認，「如今，我要實行我自己的辦法，只不過請你們來幫助我而已。」

「可是要我們護送你到安全的地方去？」

「不是，我仍然要在本市。」

「你認為本市最安全麼？」

「也不是。」

高翔有點冒火了，他大聲道：「那你究竟想怎樣？」

「我要你們召集最好的外科醫生，替我進行整容手術，將我的面容徹底改變，而且，還要在我的聲帶上施手術，使我的聲音也改變，總之，我要完全成為另一個人，那樣，秘密的漏網人員才沒有法子再來找我，而這些事的進行，必須在極端秘密的情形下進行！」

高翔一面聽，一面點著頭，他本來還以為對方又要以什麼不可能的條件刁難自己，所以剛才才十分惱怒的，但如今聽來，對方的要求無疑是合情合理的。

高翔只考慮了十分鐘左右，便道：「我可以負全責，替你安排這一切，木蘭花和穆秀珍在什麼地方，你快講給我聽！」

「她們是在一個小島上，那島的位置是——」

那中年人用十分低沉的聲音講著，從他的聲音聽來，他的確是存心將他所知道的一切事實講出來的。高翔也在用心聽著。

他聽說木蘭花和穆秀珍是在一個小島上，心中便不禁一動，一個小島，只知道這一點，要找她們，便已經容易得多了。

而看那中年人的情形，顯然那個小島的位置，他是可以熟練地背出來的，高翔立即取出了筆記本和筆，準備將之記載下來。

可是，那中年人才講到這裡，便停住了。

高翔打開了本子，筆也準備好了，可是他卻沒有聽到那中年人再講下去，高翔奇怪地抬起頭來，只見那中年人正張大了口望著他。

在那一剎間，高翔陡地一呆。

但是，他是一個十分機靈的人，在一呆之後，只不過十分之一秒的時間，他已經看出情形不妙來了，他立時後退了一步。

在他後退了一步之後，再猛地向後躍出了五六呎，躲到了一張沙發之後，他才一躲好，只見那中年人的身子一側，「砰」地跌倒在地。

高翔緊握著手中的槍四面看看，窗外和門外，一點動靜也沒有，而這時，高翔向前看去，只見那中年人面上的表情十分奇特，他張大了口，瞪大了眼，高翔第一眼去看他的時候，那中年人的手還在地上慢慢爬著，接著，他的五指又漸漸地鬆了開來。

然後，高翔聽到那中年人的喉間，發出了「咯」地一聲響。這種情形，高翔一看就看得出，那中年人已經死了。

在那一剎間，高翔心中所想的不是別的，他只是在想：那中年人是怎麼會死的！

他並沒有看到那中年人是怎麼死的，因為那時候，他正集中精神，低著頭，準備那中年人說出那個小島的位置之後，將之記下來，當他抬起頭來時，意外已經發生了。

那中年男子可是心臟病發麼？

這個可能幾乎是沒有的，因為高翔可以肯定這中年人的健康十分良好，但當然也不是自殺，因為他已定下了周詳的計劃，準備脫離秘密黨了。這兩個可能被排除之後，剩下來的唯一可能，當然是這個人乃是被謀殺的了，然而，他是被什麼法子所謀殺的？

而且，謀殺他的凶手又在什麼地方？

高翔心中感到了一股寒意，因為這時，四周圍靜得出奇，他什麼聲音也聽不到，什麼人也見不到，但是他卻可以肯定，有一個人遭謀殺了，有一個凶手正在近處，這個凶手也可能用同樣的方法來謀殺他的，這怎能不令得他心神緊張？

高翔屏住氣息，為了安全起見，他拉著那張沙發，身子仍然蹲著，向後退出了幾步，來到牆前，這樣，他背後有牆，前面有沙發阻擋著，總比較安全得多了。

然後，他定下神來，再次側耳細聽。

他實在一點聲音也聽不到。

那凶手在什麼地方？

那凶手一定是在殺了一個人之後，也和他一樣地隱伏起來了，那凶手隱伏的目的，不問可知，是在尋找第二次殺人的機會！

高翔記得，那中年人的死亡，是突如其來的，他幾乎未曾聽到任何的響聲，那麼，不妨先想一想，凶手是用什麼辦法來殺死那中年人的。

高翔又向那中年人看了一眼，只見那中年人的膚色，已經轉變成為一種十分可怕的青紫色，毫無疑問，他是中毒而死的。

可能是一枚毒針，無聲無息地射了出來，令得他致命的！

這個可能的成分十分高，這也使得高翔更加要小心防範，因為要注意毒針，比注意槍彈更難。

高翔先假定了這是一枚毒針取了那中年人的性命的，他下一步便接著想：凶手如今應該會在什麼地方呢？

門未曾被動過，窗子雖然是開著，但因為高翔放映電影的緣故，窗簾都拉著，當然也不會有人從窗中爬進來的，所以最大的可能是，凶手在室外！

在室外發射毒針進室，實不是難事，甚至房門的鎖匙孔，也可以用來作為毒針穿射的地方，但高翔卻肯定不是鎖匙孔，因為角度不對。

如果毒針是從鎖匙孔中穿進來的話，那只能在他們兩人的中間穿過，射到牆上所掛的一幅油畫之上！

高翔一面想著，一面自然而然地轉頭，向牆上的那幅油畫看去。

一看之下，他不禁呆住了！

那幅油畫上，插著一枚鋼針！

那枚鋼針粗而短，有點像舊式飛機用的鋼針。

那顯然是一枚毒針，因為它的顏色是一種異樣的赤紅色，看到了這枚毒針，高翔知道自己一連串的推斷並沒有推測錯。

那一枚毒針，顯然是從鎖匙孔中穿進來的。

那個兇手並不是第一次下手就成功的，他第一次下手，將毒針從鎖匙孔中射進來，但是卻未曾射中任何人，第二次，或者甚至於是第三次下手，才射死了那中年人！

那兇手是在什麼角度放射出毒針，才射中那中年人的呢？

高翔幾乎立即肯定是在那中年人背後的窗子。

而且，他也立即找到了證明，因為在那扇窗子上有一個小圓洞，大約可以穿過一隻手指，那當然是兇手為了方便發射毒針而弄出來的。

由此可知，那兇手還在窗外！

高翔此際的心情十分亂，但是他在心中千百次地告訴自己：必須將那凶手捉住，那凶手一定是秘密黨中的人，是由Ａ一號派出，來監視那中年人的行動的，他殺死了那中年人，一定還試圖和自己接觸，是絕不肯就此離去的！

但是高翔卻也知道，那凶手如果當他發覺處境危險之際，也毫無疑問地會將他射死！所以，他的行動，必須極其小心！

高翔的身子，慢慢地向旁移去，他的行動是如此之小心，以及一點聲音也未曾發出來，他移出了沙發的後面，立時伏在地上。

他的身子雖然是伏在地上，但是他的頭卻向上抬起，注視窗口的一切。

雖然有窗簾拉著，但是由於外面的光線強，室內的光線黑的緣故，如果外面有人，一定會在窗簾上出現影子，而只要在窗簾上出現人影，高翔立時可以令得他負傷的。

但是，外面卻沒有人影。

高翔一面注意著窗外，一面小心地向前爬行著，來到了窗前，這才慢慢地蹲起身子來，用手槍頂開窗簾，向外看去。

他將窗簾頂開了兩三吋，外面的情形，已經可以完全看得到了，除非那個凶手和他一樣，是緊貼著牆蹲著的，那麼他才看不見他。

高翔向外看了兩三分鐘，外面十分安靜，高翔正準備站起身來，看看是不是有人緊靠著牆蹲著的時候，突然，門上傳來「卡」地一聲響。

那一聲響是十分輕微的，但是也足以令得高翔的身子，像觸電似地轉了過來，同時，他的手也突然舉起，指向門口。

這一切，都是突如其來發生的，迅疾得幾乎連人的思想也追隨不上，高翔轉過身來，房門突然被推開，而房門被推開之後，高翔只覺得眼前有異樣的暗紅色的光芒閃了一閃，高翔連忙揚手去擋，「叮」地一聲響，一枚毒針射在他的槍口上，落了下來。

而就在這時，門又「砰」地關上了。

高翔不再猶豫，他連連扳動槍機，隔著門，向外射了出去，他射了四槍才停止，槍聲在空屋中迴盪著，漸漸靜了下來。

等到恢復了寂靜之後，高翔才勉強定下神來。

他發覺自己的手心全被汗水濕透了，以致他要將手槍交到左手去，在衣服上抹去手心中的汗。

那枚毒針，落在他身前呎許的地方，如果不是他湊巧揮動手槍，槍擋開了那一枚毒針的話，那麼他如今怎樣呢？

高翔一想及此，又不禁打了一個寒戰！

他連發四槍，但是並未曾聽到門外有人倒地的聲音，多半未曾射中那凶手，看來，他還不得不和那凶手對峙下去。

然而，他卻是不能在這裡久耽下去的，他必須設法回到警局去，去和方局長，以及各有關部門去研究秘密黨的總部，也就是木蘭花和穆秀珍被囚禁之處，究竟是在什麼地方，而立即展開營救行動！

可是如今，他卻無法衝出去！

因為那凶手在外面！

高翔停了片刻，他知道自己已經錯過了一個機會。因為剛才，在他發出四槍之際，他是可以立即從窗口跳出去的，那麼，他至少不用再困守在這間房間之中了！

高翔再用槍口挑起窗簾，向外看著，他再轉過身來，又向門連開了兩槍，然後，換上了一夾子彈，可是，他在換上子彈之前，卻連扳了幾下空槍，發出「卡列」，「卡列」的聲音，同時，他發出一下「啊」的低呼聲。

他相信，那凶手一定就在離他極近的地方，那麼，當凶手聽到了那些聲音之後，他一定會以為自己的手槍已沒有子彈了。

高翔是十分有急智的，這時，他安排的誘敵之計，也是十分巧妙的，當對方知道了他的槍已沒有了子彈時，還會不立即現身麼？

果然，在高翔剛將一夾新的子彈推上槍膛之際，門被大力推了開來，同時，傳來了一陣十分妖冶的嬌笑聲，一個人已經在門口。

那站在門口的人，毫無疑問就是殺人凶手了！

可是，當高翔向那人看上了一眼之後，他完全呆住了，他絕未曾想到，那凶手是「她」。而且，她是一個極其美麗的女郎！

她穿著一條緊身的，艷黃色的長褲，和一件黑、黃相間的運動衫，這樣的裝束，將她美麗的身材表露無遺，令人目眩！她的頭髮黑而長，隨便披在肩頭上。她的眼睛畫得十分藍，看來有著一股妖氣。

高翔本來是決定，自己的辦法如果可以將凶手引出來的話，那麼他將立即開槍，令得那凶手在大感意外之中受傷的。

但這時，他卻沒有開槍。

高翔之所以未曾開槍，當然不是因為對方是一個千嬌百媚的女郎，所以他才下不了這個毒手之故，而是因為那女郎的口中，咬著一支煙嘴。

那煙嘴上並沒有香煙，毫無疑問，那種可以致人於死的毒針，是從那女郎的煙嘴中射出來的了，除非高翔準備一槍將她打死，否則，在受傷之後，她一定仍可以發射毒針的。

高翔只有在另一個情形下，才能發槍。

那另一個情形是，他必須一槍擊毀那個煙嘴！

但如果要一槍擊毀煙嘴，而又不傷及那女郎的話，那就必須在那個女郎以側面對著他的時候才行，不然是不可能的。

他必須等待！

而且，他必須裝出無可奈何，極其吃驚的神態來！

他立即這樣做了，而且做得十分逼真。

那女郎一直在嬌笑著，她微張著口，雪白的牙齒和殷紅的，極富於誘惑性的豐滿的嘴唇，有誰會想到那麼美麗的口中，會吐出致人死命的毒針？

9 窩裡反

高翔揚起了手中的槍，喝道：「別動！」

那女郎笑得更大聲了，她一手撐在桌上，以一個十分美妙的姿勢站定，道：「高先生，你很善於演戲，但是我可以告訴你，你手裡槍中的子彈已經射完了，是不是？」

她的聲音也是非常之動聽的，高翔假裝苦笑了一聲。

那女郎又道：「你太性急了，如果你不是多射了兩槍的話，我就不敢現身了，高先生，關於你自己的一切，你自己可做不了主哩，我才是你的主人，這一點，你明白麼？」

高翔慢慢地站起身來，聳了聳肩，道：「有這樣一個美麗的女主人，那麼，就算做你的奴隸，那也當真是三生有幸了！」

「可是，你別忘記，你的女主人脾氣不怎麼好，而且，她會隨時取你性命的——」

那女郎講到這裡，將煙嘴自口中取了下來，挾在手指間，向高翔揚了揚。這實在是高翔最好的機會了！

高翔不再猶豫，立即扳動了槍機。

「砰」地一聲槍響，那女郎的身子突然一震，她手中的煙嘴已然被子彈擊斷了，而挾在她手中的，只是半吋來長的一截！

她的面色陡地變了，她維持著那個姿勢僵立著。

高翔用一個十分戲劇化的姿勢，向那女郎鞠了一躬，道：「美麗的女主人，你看奴隸的槍法，可還算過得去麼，嗯？」

那女郎的美麗的臉上，居然在剎那間現出狠毒的神色來，這倒也是高翔未曾料到的，她厲聲罵道：「你這卑鄙的小丑！」

高翔毫不在乎地聳著肩，道：「隨便你喜歡怎麼罵，但是我以為，你還是快一點將那人未曾講出來的話接下去的好。」

高翔一面說，一面用槍口向地上的中年人指了一指，可是他的槍口卻立時揚了起來，他又射了兩槍，那兩槍，將那女郎的左右耳上的一副大耳環一起射落！

女郎臉上凶狠的神色消失了，她的臉色變得如此之蒼白，她的身子也不由自主地向後退出了兩步，幾乎退到了門外！

「站住！」高翔喝了一聲。

女郎站住了，她居然立時恢復了鎮定，勉強一笑，道：「高先生，久聞你槍法如神，果然名不虛傳。」

高翔笑道：「一個卑鄙的小丑，多少總也得有點功夫才行的，是不是？別再廢話了，那小島是在什麼地方，快說！」

女郎的嘴唇緊緊抿著，並不出聲。

高翔慢慢向她逼過去，道：「你不說麼？」

那女郎終於開口了，她十分妖冶地笑了一笑，道：「你真硬得起心腸來逼我？如果我不說，你硬得起心腸來殺害我？」

她在講的時候，那種顯然是做出來的幽怨和可憐的神情，的確是可以令得任何男人心腸軟下來的，如果事情不是和木蘭花，穆秀珍的性命有關，高翔或許就揮揮手，令她走開去了，但是如今，高翔卻是非硬起這個心腸來不可！

他立時冷笑一聲道：「你這樣說是什麼意思？你以為你自己十分美麗，就可以引誘我麼？哈哈，這實在是太可笑了，告訴你，你使我倒胃口！」

那女郎的面色倏地變了，她又狠狠地瞪著高翔，胸口起伏著，這證明她的心中怒到了極點。

過了好一會、才自她的口中，一個字一個字地道出一句話來，道：「高翔，只要我活著，我絕不會忘記你今日的那兩句話的。」

「歡迎。」高翔冷冷地回答，「如果你不肯講出那小島的位置，那麼，請你轉過身去，我要將你押到警局去，我們將對你進行長時間的不斷審訊，不怕你不說！你如果講了，我立即放走你！」

那女郎轉過了身去，但是她卻並不向前走去。

過了好一會，她才道：「好，我告訴你，那小島在東經一一七度四十六分，北緯十七度二十二分。你該滿足了，是麼？」

高翔呆了一呆，立時記下了這兩個數字。

然而，他卻冷笑道：「你以為我會相信麼？」

「我不會騙你，我講了，你應該立即放走我，我為了要好好地活著，記得你剛才所說的話，我是不會騙你的，我可以走了麼，高先生！」

高翔除了知道這女郎是秘密黨中的人，和她的任務是來監視那個中年人的之外，他對於那女郎的一切，可以說一無所知。

但是，這時他卻隱約感到，他已結下了一個仇人，而且，是一個十分難纏，十分難以對付，一直會和他糾纏下去的敵人！

高翔搖了搖頭，他暫時撇開了這個念頭，道：「你講了實話，你以為當秘密黨的總部受到攻擊時，你可以逃避懲罰麼？」

「那是我自己的事。」

「你必須給我滿意的解釋。」

那女郎倏地轉過身來，揚著拳，大聲吼道：「因為世上像你這樣的蠢驢，只不過一頭而已，是絕不會有第二頭的！」

高翔對她的強硬潑辣態度表示吃驚，他嘆了一口氣，道：「你很喜歡玩火，小姐，我尊重你的承諾，你請走吧。」

那女郎惡狠狠地又對高翔瞪了一眼，轉身走了出去。

高翔以目相送。

直等高翔聽得對方出了鐵門，響起一陣摩托車聲，他才來到電話旁，接通了方局長道：「局長，我知道木蘭花和穆秀珍兩人的所在處了，她們是在一個小島上，請向當局聯絡，調集海空軍支援，設法營救！」

方局長驚喜交集道：「那小島是在什麼地方？」

「東經一一七度四十六分，北緯十七度二十二分。」

方局長緊張而高興的聲音，繼續在電話中響起道：「好，我馬上向當局請示支援，你快回來。」

「立刻就到。」

那小島的確是在東經一一七度四十六分和北緯十七度二十二分，而那中年人帶來放映給高翔看的影片，也完全都是實情。

那影片只拍到當木蘭花和穆秀珍被絲帶綁在擔架床上為止，並沒有再向下拍去，那中年漢子又已死亡，不能說明，高翔還以為是剛才發生的事情，而實際上，炸開石門，又被擒住的木蘭花姐妹的不幸遭遇，已是數日前的事了。

木蘭花在穆秀珍搜集炸藥時，便知道即令把門炸開，想要逃出去，也是十分困難的，果然，她的預料完全正確。

她們被綁上擔架後，是絕無任何知覺的，等到她們再醒過來時，她們除了頭部可以略為轉動外，其他部位都動彈不得。

木蘭花醒過來之後，側頭向穆秀珍望了一眼，恰好穆秀珍也醒轉來了，也在望著她，她們兩人只好相視苦笑，無話可說！

穆秀珍嘆了一口氣，道：「蘭花姐，我們又中了這王八蛋的奸計了，哼，這王八蛋，若是犯在我的手中，我一定要好好地收拾他們！」

木蘭花仍然不出聲，因為她已經完全清楚了自己的處境，她是沒有法子掙得脫的，綁在她手腳上的，全是鋼絲織成的帶子！

那種寬約兩吋的帶子，絕不是一個人的力量掙得脫的！

鋼絲帶自然是由扣子扣住的，但是扣子的情形如何，木蘭花卻看不到，也就是說，她們兩人如今只能聽憑人擺佈！

她勉力將頭轉過去道：「秀珍，別講廢話！」

穆秀珍心想反駁，可是「刷」地一聲，一扇門移了開來，一個瘦削陰森的中年人走了進來，接口道：「對了，別廢話！」

他逕自來到木蘭花的身邊，站定了身，以一種不可一世的神態，向自己指了指，道：「我就是Ａ一號，秘密黨的首腦。」

木蘭花並沒有什麼反應，但是穆秀珍卻「呸」地一聲，道：「垃圾，第一號垃圾。」

Ａ一號倏地轉過身來，「啪」地一聲，在穆秀珍的臉上摑了一掌，那一掌的力道著實不輕，摑得穆秀珍一張口，想去咬他的手！

穆秀珍當然咬不中他的手！

木蘭花連忙道：「秀珍，別傻，快住口！」

穆秀珍雖然立即住了口，可是她仍然憤然地望定了Ａ一號，Ａ一號冷笑了一聲，立時轉過身來，道：「你聽明白了麼！」

木蘭花深深地吸了一口氣，道：「當然聽明白了！」

「那就好，你們兩人的性命，完全是在我的掌握之中，這一點，你們自然也是知道的了？」Ａ一號雙手叉在腰上，不可一世地說著。

「先生，」木蘭花冷靜地回答道：「我們每一個人的生命，都在造物主的掌握之中，你想怎樣，就快點說吧，恐嚇是沒有用的！」

木蘭花的話講來雖然緩慢，但是異常之堅定，這多少令得Ａ一號有點狼狽之感，因為這時，他是完全佔在上風的，但是木蘭花的話，卻令他感到，即使自己完全佔了上風，要應付木蘭花也不是易事。

他冷笑了一聲，道：「好，你痛快，我要你做一件事。」

木蘭花心中呆了一呆，道：「什麼事？」

在那片刻之間，木蘭花的心中實在莫名其妙，因為她無法想出這個秘密黨的黨魁，究竟有什麼重要的事情要她去做的！

Ａ一號用他目光炯炯的眼睛注視著木蘭花，好一會才道：「這件事，只有你一個人可以替我去做，但是千萬別以為你就可以因之和我講條件，因為你代我去辦事，辦得是不是好，直接影響到令妹穆秀珍小姐的待遇和生死，明白麼？」

「卑鄙的手段。」木蘭花冷冷地斥罵著。

「哈哈哈，」A一號卻笑了起來，「除此而外，還有什麼更好的方法，可以使得木蘭花小姐為我出生入死的服務呢，嗯？」

他一面說，一面俯下身，向木蘭花的臉上湊來，直到他的臉離得木蘭花極近。對著他那張醜惡的臉，木蘭花只感到一陣噁心！

A一號卻繼續笑著，好一會才慢慢地直起身子來，道：「小姐，有一個人，叫柏克——柏克將軍或是柏克部長，你可曾聽說過？」

木蘭花的腦細胞又迅速地活動了起來。

她被困在岩洞中的時候，曾經聽得岩洞之外，有人提起過柏克部長這個名字，當時她的心中便覺得十分奇怪，因為柏克部長應該是和秘密黨互相勾結的，現在，這個A一號又這樣提起來，那是什麼意思呢？

木蘭花心中茫然一片，實在不知道究竟是怎麼一回事，但她卻決定先嚇一嚇對方，是以她立即道：「當然知道，你和他之間有了麻煩，是不是？」

A一號的面色變了一變。

他望著木蘭花，一開始，他的表情是十分驚異的，但接著，驚異便轉為欽佩，從他臉上的神情看來，木蘭花知道自己猜中了！

木蘭花不再出聲，只是緊一下慢一下地冷笑著。

木蘭花的冷笑聲，顯然更令得Ａ一號感到心煩神亂，他陡地揮了揮手，道：「你聽我說！」

「我是在聽你說啊！」

「柏克這傢伙，一直是和我合作的，秘密黨是由他出錢，由我出力建立起來的，目的是幫助柏克的國家，去搗亂和他國家的敵對國，我們已經做過幾件大事——」

「包括最近製造的大規模暴亂在內！」木蘭花接了上去。

「是的，」Ａ一號直認不諱，「可是這狗雜種，他居然想過橋抽板，幾天之前，他帶了一個人來，來接替我的位置！」

Ａ一號講到這裡，仍不免憤然！

而木蘭花的心中卻只覺得好笑！在黑社會中，在一切的犯罪組織中，奪權爭利，過橋抽板，殘殺自己人，這正是一定的事。

因為這些事正是極其邪惡的，而邪惡的事，在邪惡的組織、犯罪的團體中發生，這不是天經地義的事情麼？有什麼值得奇怪的？

木蘭花又冷笑了一聲，道：「於是，你也用了狠辣的手段在對付他，是不是？我猜想，你一定已將他生擒活捉了，嗯？」

Ａ一號的面上，驚異的神色更甚了。

他當然不知道木蘭花曾聽到過了一點資訊，只當木蘭花全是憑自己的猜測料到一切的，這自然使他的心中感到十分驚訝。

他呆了一呆，才道：「是的。」

「哼，你們窩裡反，你來求我又有什麼用？」

Ａ一號不禁笑了一下，道：「你是聰明人，當然知道我如今騎虎難下了，但是，我現在卻是站在十分有利的地位上。」

木蘭花對於柏克部長的一切，自然是知道的，她也聽出了Ａ一號話中的意思，她知道柏克部長在Ａ一號心中，是一個極有價值的「肥羊」！

木蘭花想到了這一點，心中不禁苦笑！

因為，如果說落在Ａ一號手中的柏克部長是「肥羊」的話，那麼，自己和穆秀珍兩人又何嘗不是呢？她心中苦笑著，但是在面上卻絕不表現出來。

相反地，在面上看來，她十分鎮定。

她道：「那麼，你是想在他的身上得到一筆錢了？」

「對了，」Ａ一號道：「我想，去向柏克的國家索取一千萬美金，應該是沒有問題的，因為他國家的獨裁者是他的姐夫！」

「一千萬美金，」木蘭花重複了一遍，「我想是不成問題，而且，我想你是想要派我去和那獨裁者接頭，是不是？」

Ａ一號大點其頭，道：「木蘭花小姐，和你談話，簡直是一種享受，因為你根本不需要多廢話，就完全可以知道人家的意思了，小姐，等到我們收到款項之後，當然要放回柏克，而且，你們兩姐妹都可以恢復自由，我是一言為定的。」

木蘭花望了Ａ一號好一會，說道：「那麼，你總得將我放開，我才能動身。」

「你，你答應了？」Ａ一號有點喜出望外。

「條件不錯啊，我為什麼不答應。」

「好，我可以先放開你！」Ａ一號從口袋中拿出無線電通話器，道：「來兩個人！快，我在第十九號岩洞之中！」

10 自食其果

幾乎是他的話才一住口，石門打開，便有兩個人走了進來，A一號向他們作了一個手勢，兩人抬起擔架，將木蘭花抬了出去。

穆秀珍一見木蘭花出去，忙叫道：「蘭花姐。」

「秀珍，你放心，我一定叫他們放開你的，但是，不論怎樣，在你未曾再見到我之前，千萬不可妄動，你可記得了麼？」

穆秀珍苦笑道：「記得了！」

那兩個抬著擔架的人一直在向前走著，等到穆秀珍回答「記得了」的時候，一行人已出了岩洞，石門也「刷」地移上了。

岩洞中只剩下了穆秀珍一個人了。

卻說木蘭花被抬到了另一個岩洞之中，擔架床被豎了起來，木蘭花看到有兩個人，擔著乙烷吹管，來到了擔架之後，接著便是高溫火焰噴射的「嗤嗤」聲。

木蘭花的心中不禁苦笑，綁住她四肢的鋼絲帶，原來在穿過了擔架床之後，是被焊接在一起的，要解開，必須用高溫火焰來溶解它們！

Ａ一號一直站在木蘭花的面前，在Ａ一號之後，還有四個大漢，十分鐘之後，木蘭花的頭部已然可以自由活動了。

又過了十分鐘，她的雙手也可以活動了。

就在她的雙手可以活動之際，站在Ａ一號身後的四個大漢，陡地散了開來，每人佔據了岩洞的一個角落，而以手中的手提機槍對準了木蘭花。

木蘭花看到了這等情形，不禁笑了起來，道：「你們何必這樣緊張？老實說，像你們這樣的陣仗，也未必制服得了我，而如今，秀珍還在你們的手中，你們也大可不必怕我會怎樣的。」

Ａ一號的臉色紅了一下，連忙揮了揮手。

那分佈在岩洞四角的四名大漢，仍然站在那裡不動，但是槍口卻已垂了下來，不像剛才那樣如臨大敵，緊張萬分了。

又過了十分鐘，木蘭花的雙足也可以活動了，她活動了一下四肢，向Ａ一號慢慢地走了過來。Ａ一號連忙喝道：「站住！別動！」

木蘭花又笑了起來，道：「你這樣怕我，我想，我是難以和你做事情的了，而且，我還要提出兩個條件來，你願不願意和我談判？」

這時候，Ａ一號反倒像是處在劣勢地位上，他想一想，大聲道：「什麼條件？事情成功之後，將你們兩人放走，還不夠嗎？」

「不夠，我的條件是兩個，第一，你們必須將秀珍也放開，但儘管可以將她嚴密看守，不讓我和她會面，以作為對我的挾制。」

「第二個條件呢？」

「我要和柏克見見面。」

「有這個必要麼？」Ａ一號遲疑地問。

「當然有，我必須向他問幾個問題，」木蘭花沉聲說著，「我要對他進一步的瞭解，才能夠知道這件事有沒有成功的可能！」

Ａ一號來回地走了幾步，才道：「好。」

他一面說「好」，一面又揮了揮手。

在岩洞四角的四個槍手，立時圍了攏來，他們在木蘭花身旁三呎處站定，重又用槍口對準了木蘭花，Ａ一號已向前走去。

那四個槍手則齊聲道：「走！」

木蘭花的態度反倒十分之悠閒，她向前走去，直到這時，她才有機會打量這個秘密黨的總部。

Ａ一號無疑是一個極之聰明的人，因為這裡的一切，幾乎是依著天然的岩洞築成的，在岩洞與岩洞之間，都鋪上了鐵軌，快速的電控制車在軌上行駛著，可以看出，這是費過一番心血的。

走出了三十碼左右，來到另一扇石門面前。

Ａ一號用無線電控制器打開了石門，裡面是另一個岩洞，一個人蜷曲著身子，坐在一張椅子上，一看到石門打開，便陡地抬起頭來。

那人才一抬起頭來，便將木蘭花嚇了一大跳。

因為木蘭花一眼便認出，這人正是世界知名的柏克部長！

可是這時，他和在報上看到的那種全副戎裝，不可一世的樣子，實在相差太遠了，若不是親眼看見，木蘭花絕想不到一個曾經殺害過上萬的善良百姓，獨裁者的左右手，會成為這個樣子！

這時候，他失神落魄地望著他們，等到他看到Ａ一號的時候，他竟突然跪了下來哀求道：「放了我，放了我，什麼條件我都可以答應，別殺我！」

木蘭花在門口站定了，未曾再向前走去。

本來，她想和柏克將軍會面的目的，是想和對方商議一下，是不是有共同合作，摧毀這個秘密黨總部的可能的。

但如今，她一看到柏克的那副窩囊相，她便全然不作這樣的打算了，因為這時的柏克，只是一個為求活命，可以向人隨便下跪的可憐蟲。

木蘭花立時道：「行了，Ａ一號，我只要確實看到他在這裡，已經夠了，我們走吧！」

半小時後，在Ａ一號的帶領和四個槍手的押解下，木蘭花來到了另一個岩洞中，那岩洞更大，而且，有一半是海水。

在水面上，停著一艘圓形的小型潛艇。

Ａ一號指那艘潛艇道：「你會駕駛它嗎？」

「我想大概沒有問題，你的意思是，你不派人去監視我的行動？而由我一個人去單獨行事？」木蘭花裝成奇怪似地反問。

「是的，你可以完全不聽我的話，駕駛這艘潛艇去討救兵，但是我得提醒你，那樣的話，首先遇害的，是你的妹妹穆秀珍！」

木蘭花冷笑一聲，道：「這並不是一件輕易可以完成的任務，我需要相當的時間去說服那個獨裁者，要他拿錢出來。」

「當然，我給你五天時間。」

「不夠，絕不夠，至少要十五天。」

「十天，別多說了！」

木蘭花在這時候，她的心中還是沒有一個明確的行動計劃，但是她知道，自己可以自由行動的時間越長，那就對她越是有利。

如今既然爭取到了十天的時間，那已很不錯了。

她下了一隻橡皮艇，划到了那小潛艇的前面，打開艙蓋，小潛艇的裡面十分窄，但是一個人坐在裡面，倒是很舒適的。

木蘭花約略地看視了一下機件和救生設備，提出幾個問題之後，表示她可以駕駛這艘潛艇，她同時也跨進了艙中。

「在前面的抽屜中，有著航海圖，」Ａ一號吩咐著：「你可以在岩洞下的水道中航行，穿出岩洞，到達大海之中，這裡是一個小島，你可以在充裕的情形下作三天的航行，到達目的地，是以十天的時間足夠用了，記得，十天！」

木蘭花已經按上按鈕，艙蓋闔上了。

Ａ一號的聲音聽不到了，木蘭花操縱著機件，小潛艇開始向下沉去，然後，木蘭花取出了航行圖，小潛艇向前駛了出去。

在曲折的海底岩洞中航行了二十分鐘，小潛艇已來到了清澈的海水之中，木蘭花將不變速度的航行，交給了自動航行系統，她開始沉思起來。

如今，她已有了一個極好的脫逃機會，可是她卻沒有法子不接受對方的控制，因為穆秀珍還在秘密黨的掌握之中！

那麼，她所應該做的是什麼呢？應該是先去將穆秀珍救出來！

一想到這一點，木蘭花連忙令潛艇上升到水面，升起了潛望鏡，在潛望鏡中，她看到了那個小島，那是一個在外表上看來十分荒涼的小島！

木蘭花看了一會，心中便立即想到，自己如果不去執行A一號的任務，而又將潛艇折回島上去呢？那麼，自己就可以神不知鬼不覺地回去了！等自己在島上出現的時候，那就有機會救出穆秀珍了！

但木蘭花知道，這個辦法不能立即付諸實行，A一號一定在這艘潛艇上設有無線電跟蹤儀，要破壞這種跟蹤設施，當然也是輕而易舉的事，但如果立即付諸行動，一定會引起A一號的疑心，這必須在到達目的地附近之後才進行。

那時，A一號確知她已到了目的地，雖然跟蹤斷絕，但是，也會等著，等到十天的期限滿了，才採取行動的。而事實上，木蘭花則根本不打算上岸，她是準備在一破壞了跟蹤設置之後，連忙全速航行，回到那個小島上去，去救穆秀珍。

那樣，她必須浪費五天的時間作海底的航行。

但是，她卻還可以有五天的時間，匿伏在小島上，找機會救出穆秀珍！木蘭花將擬定的計劃又反覆地思索了幾遍，她已經決定這樣去做了！

而那時，在島上總部中的A一號，也十分得意，因為在雷達跟蹤螢光幕上，顯示出木蘭花正在向他指定的目的地駛去。

A一號也有他的算盤，他一方面要脅著，派木蘭花去向柏克的國家索取一千萬美金的贖款，來贖取柏克，但是另一方面，他卻又另外派人，去找方局長和高翔，要方局長也拿出一千萬美金來，贖取木蘭花和穆秀珍，那樣，他不但利用了木蘭花，而且，還兩面得到好處！

想到得意時，A一號不禁躊躇滿志地笑了起來，他不必太心急派人去和方局長談，一連幾天，他都在跟蹤雷達之前，注意著木蘭花的行動。

木蘭花完全在正常的航線上前進。

可是到了第四天，忽然雷達螢光幕上的綠色光點消失了，A一號呆了一呆，立即命他的手下，詳細地檢查著跟蹤儀器。

他手下專家檢查的結果，認為那是小潛艇上的發施信號的儀器損壞了，A一號雖然想到事情有點不對頭，但是他卻未曾想到那是木蘭花有意破壞的，他只當木蘭花遭到了意外，他又等了兩天，才派出了他的得力助手，去向高翔提勒索的條件。

而他在派出得力助手的同時，他又加派了另一個手下去監視他的得力助手，那另一個人，就是那個美麗妖艷的女郎。

A一號所未曾料到的是，他派出的那三個人，一點便宜也未曾討到，而且，在高翔的手下吃了大虧，連秘密黨總部的位置也已洩漏了！

那女郎洩漏了這個大秘密，她暫時當然不敢回去和A一號見面了，所以，A一號全然不知道秘密已經洩漏，他還在等候著好消息。

在A一號派出人去向方局長和高翔索取巨額款項，以贖出木蘭花和穆秀珍的同時，木蘭花已經悄悄地回到那個小島來了。

木蘭花是在破壞了跟蹤信號儀器之後，以全速駛回來的，所以，她只用了四十八小時，便已來到了那小島的背後了。

木蘭花將潛艇慢慢地浮出了水面，那時，正是晚上十一時左右，月明星稀，小島的海灘上靜到了極點，木蘭花將小潛艇停在兩塊大岩石之間，她爬出了艙蓋之後，就攀上岩石。她看出自己是在那小島的背後，木蘭花抬頭向上看了一看。

她估計，有四小時到五小時的時間，她足可以攀到山頂了，而攀到了山頂之後，她就可以俯視小島的正面，再採取有效的行動。

她深深地吸了一口氣，開始向山上攀去。

這個小島的背面，秘密黨中的人顯然未作任何戒備，是以木蘭花所遇到的困難，只不過是陡峭的石壁和黑暗的環境而已。

但這些困難對木蘭花來說，是微不足道的。

在凌晨三時，她已攀到了山頂，而且，正如她所料的那樣，她一到了山頂，便可以俯視那小島的正面，也就是秘密黨總部所在地的情形了。

她看到，在海灣中，十分隱蔽地停著幾艘小型的炮艇。在紅外線望遠鏡的幫助下，她可以看到炮艇上都有人在守衛。

而且，在島的正面，戒備得十分嚴，有許多守衛站在岩石之後，如果有什麼人想從島的正面偷渡上來，那幾乎是沒有可能的。

但是木蘭花這時卻是從島後包抄過來的，那情形就大不相同了，她迅速地向下落去，當她來到半山的時候，她已經用迅雷不及掩耳的手法，擊倒了三個秘密黨黨徒，而當她擊倒了第三個人之際，她不但取走了那人的武器，而且將那人的衣服穿在她自己的身上。

這樣，在黑暗中看來，她和一個秘密黨徒根本沒有什麼分別了，她在向下落去的時候，也沒有遇到更大的困難。

等到她來到離海灘只有十五六碼的地方之際，只聽得「轟」地一聲響，木蘭花連忙在一塊大岩石之後，躲了起來。

她探出頭來，向前看去，只見在一個大岩洞的石門轟轟移開聲中，有四五個人從岩洞之中大踏步地走了出來。

木蘭花將望遠鏡湊在眼上，向下看去，她的心頭不禁怦怦地亂跳了起來，這實在是一個對她來說，再也也沒有的好機會了！

因為她看到走在最前面的一個人正是Ａ一號！

她估計她和Ａ一號之間的距離，只不過十多碼左右！

木蘭花在那一剎間，因為出現了對她有利的情形，而改變了她原來的計劃，她決定立時先去控制Ａ一號，逼Ａ一號放出穆秀珍來！

她迅速地向前移動著，又向前移近了十碼左右。

而這時候，Ａ一號和那幾個人正向海灘走去，在海灘中，也有幾個人走了上來，木蘭花突然從石後跳了出來，到了大石之前。

這樣，她的身後便有大石作掩護，可以不必怕身後射來的槍彈，而她一躍出來之後，她提起了奪來的手提機槍，立時掃出了一排子彈。

那一排子彈，劃破了寂靜，剎那之間所引起的震動，實在是難以形容的。

木蘭花是在Ａ一號等人的背後，掃出那排子彈的，但是，那一排子彈，卻並不是射向Ａ一號等人，子彈是射向從海灘上，向Ａ一號迎面來的人射出的，那三四個人全中了子彈，滾倒在海灘上。

Ａ一號和那四五個人陡地一呆，其中有一個人，立時轉身，發槍，那人毫無疑問是第一流的槍手，他射出的兩枚子彈，全射在離木蘭花不過呎許的岩石上，但是木蘭花立時還槍，那人倒地不起，其餘的人全不敢再動。

Ａ一號的聲音十分難聽，道：「什麼人？」

木蘭花冷笑了一聲，道：「是我，各人在原地別動，Ａ一號，將你的雙手放在頭上，向我走來，如果你不服從命令，我立時開槍！」

木蘭花話一講完，立時又掃出了一排子彈！

那一排子彈，每一粒都射在離Ａ一號的腳邊不到三吋的地方，令得Ａ一號的身子劇烈地發起抖來，忙不迭地將手放在頭上。走了過來。

這時候，在半山腰上，有不少子彈向木蘭花射來，但是木蘭花隱蔽得十分好，子彈全未曾射中她，有幾盞探照燈的光芒亮了起來，向木蘭花的藏身處射來。

然而，探照燈的光芒照不到木蘭花，反倒照向了狼狽不堪的Ａ一號！

Ａ一號來到離木蘭花的身前六七呎時，木蘭花才道：「站定，轉過身去，好了，快命令你的手下，將穆秀珍帶到我這裡來！」

Ａ一號吸了一口氣道：「你果然名不虛傳。」

「少廢話，快實行我的命令。」

Ａ一號怪聲叫道：「你們聽到了沒有？」

這時候，在木蘭花和Ａ一號的四周圍，不知圍了多少人，那些人的手中，也有著各種各樣的武器，但是卻沒有人敢動。

那些人中，聽到了Ａ一號的叫喚之後，有幾個人走了開去，不到十分鐘，穆秀珍便歡叫著，擠過了人叢，來到木蘭花的身邊。

木蘭花又道：「命令你的部下，拋一柄手提機槍過來，並且警告他們，切切不可亂動，如果他們不想你死的話。」

Ａ一號吩咐了下去，一柄手提機槍拋了過來，穆秀珍立時將之拾起來。

Ａ一號吸了一口氣，道：「你們有什麼機會逃出去？」

木蘭花四面望了一眼，圍住她們的人，向她們接近了許多，雖然她控制了Ａ一號，但是她們要突出重圍，卻也不是容易的事情。

然而，也就在這時候，一個秘密黨徒突然大叫道：「四艘軍艦正向我們駛來！A一號，四艘軍艦向我們駛來了！」

那人的話還未講完，炮聲便響了。

在炮聲中，不但可以看到有四艘軍艦在小島的附近，而且，還可以看到大量的登陸艇向前迅速地駛了來。

同時，高翔洪亮的聲音也通過擴音器傳到了島上：「你們完全被包圍了，除了投降以外，絕沒有別的生路，快投降！」

秘密黨徒完全崩潰了，他們之中大多數扔下武器呆立著，一小部分則向山頭上爬去，然而，登陸艇已然泊岸了！

由於進攻的聲勢實在太浩大，秘密黨徒根本沒有抵抗的餘地，便完全被擒了。

一場由A一號精心策劃的暴亂，以A一號終於上了電椅而宣告結束！

A一號以為可在暴亂中撈到大量的好處，但結果卻是自食其果，喪失了性命！

本市仍然一樣地繁榮，屹立在東方。

請續看《木蘭花傳奇》11　天外恩仇

倪匡奇情作品集

木蘭花傳奇 10 神妻（含：神妻、秘黨）

作　者：倪匡
發行人：陳曉林
出版所：風雲時代出版股份有限公司
地址：10576台北市民生東路五段178號7樓之3
電話：(02) 2756-0949
傳真：(02) 2765-3799
執行主編：朱墨菲
美術設計：許惠芳
業務總監：張瑋鳳
出版日期：2023年10月
版權授權：倪匡
ISBN ：978-626-7303-70-2
風雲書網：http://www.eastbooks.com.tw
官方部落格：http://eastbooks.pixnet.net/blog
Facebook：http://www.facebook.com/h7560949
E-mail：h7560949@ms15.hinet.net
劃撥帳號：12043291
戶名：風雲時代出版股份有限公司

風雲發行所：33373桃園市龜山區公西村2鄰復興街304巷96號
電話：(03) 318-1378　　傳真：(03) 318-1378
法律顧問：永然法律事務所 李永然律師
　　　　　北辰著作權事務所 蕭雄淋律師

行政院新聞局局版台業字第3595號 營利事業統一編號22759935

定價：299元　

國家圖書館出版品預行編目資料

神妻／倪匡 著. -- 臺北市：風雲時代出版股份有限公司,
2023.05, 面； 公分.（木蘭花傳奇；10）

ISBN : 978-626-7303-70-2（平裝）

857.7　　112003896